孩子是软肋，也是盔甲

赵丽宏 等著

天地出版社 TIANDI PRESS

出版说明

本书聚焦儿童及青少年身心成长，列于"名家教养真心话"书系。本书在内容与形式上不拘一格，有表现亲子日常的散文，有思索教养方式的杂感，有父母写给儿女的家信，有勉励年轻学子的演讲稿，也有追忆少年时代的散文，文中的成长经验深具意味；此外，也收录了一篇早期谈及美育的文章，文中种种设想富有见地，启发读者对教育的系统性思考。

本书按不同主题分为四章，各章中作品以写作或发表时间排序，文末交代原载或收录图书。需特别说明的是，本书收录了部分现代散文名作，如朱自清、丰子恺、梁实秋等名家的相关篇什，对于早期作品，本书原则上遵从时代用字特征、用语习惯，尊重名家文本的特点和风貌，保留原作惯用字、通假字和标点用法，具体如下：

1. 一般惯用字，如"计画""惟一""吧了""帐簿""挽近""发见"等，本书依循名家作品出版通例，一仍其旧。

2. 原作通假字，如"作"通"做"，"那"通"哪"等，均保留原作用法。

3."他""它""的""地""罢""吧"等用法,与今日亦不甚相同,此乃常识,原则上不做改动。

4. 书中译名,如"峨特"今通常译为"哥特","巧格力"即"巧克力",均保留原译法。

5. 早期标点符号用法,如"保护人,家族,亲友""《左传》、《诗经》、《礼记》"等,中间逗号与顿号的使用,不尽合于现行标准,但不影响阅读和理解,遂予以保留。

希望这本书,能让我们一起踏上一段幸福的教养旅程,学会更好地陪伴孩子,帮助孩子慢慢长大的同时,自己也实现心灵蜕变和精神成长。

目 录 Contents

PART 1　人间的天使
有了孩子，就有了软肋，也有了盔甲

儿女 _ 丰子恺　003

孩子 _ 梁实秋　011

亲爱的孩子，我愈来愈爱你了 _ 傅雷　017

给儿子 _ 赵丽宏　021

学步 _ 赵丽宏　031

孩子是落到地面的云 _ 朱成玉　036

为你，我说过多少颠三倒四的话 _ 张丽钧　042

孩子的逻辑 _ 王开林　048

空白的女儿 _ 朱成玉　054

PART 2　父母的责任
先有大人"美丽"，后有孩子"动人"

父母的责任 _ 朱自清　063

近事杂感_夏丏尊　078

我要不愧做你们的模范_梁启超　083

儿童画_丰子恺　088

家书一封_老舍　092

钱的教育_梁实秋　095

孩子是怎么长大的_王开林　102

谁把孩子带进了"精神猪圈"_张丽钧　107

PART 3　教育的本意

教育的最大目的，便是真、善、美这三要件的平均具足的发展

美育实施的方法_蔡元培　117

能在困苦中求快活，才真是会打算盘_梁启超　129

做人要做最上等的人_胡适　134

艺术教育的本意_丰子恺　139

千万珍重，千万自爱_傅雷　146

多识草木鸟兽之名_李汉荣　152

你是一个"等蛋飞"的妈妈吗？_张丽钧　158

PART 4　送孩子走向未来

当孩子渐行渐远，你只有目送，而不必追

普通教育和职业教育 _ 蔡元培　165

做一个优秀的中学生 _ 蔡元培　177

读书与求学 _ 孙伏园　187

我的中学时代 _ 夏丏尊　193

送阿宝出黄金时代 _ 丰子恺　205

我们为儿女担的心，也算告一段落 _ 朱梅馥　214

女儿的十年 _ 蒋韵　217

中考前写给女儿的一封信 _ 王开林　225

PART 1
人间的天使

有了孩子，
就有了软肋，
也有了盔甲

儿 女

丰子恺

近来我的心为四事所占据了：
天上的神明与星辰，
人间的艺术与儿童，
这小燕子似的一群儿女，
是在人世间与我因缘最深的儿童，
他们在我心中占有
与神明、星辰、艺术同等的地位。

回想四个月以前，我犹似押送囚犯，突然地把小燕子似的一群儿女从上海的租寓中拖出，载上火车，送回乡间，关进低小的平屋中。自己仍回到上海的租界中，独居了四个月。这举动究竟出于什么旨意，本于什么计划，现在回想起来，连自己也不相信。其实旨意与计划，都是虚空的，自骗自扰的，实际于人生有什么利益呢？只赢得世故尘劳，做弄几番欢愁的感情，增加心头的创痕罢了！

当时我独自回到上海，走进空寂的租寓，心中不绝地浮起这两句《楞严》经文："十方虚空在汝心中，犹如白云点太清里；况诸世界在虚空耶！"

晚上整理房室，把剩在灶间里的篮钵、器皿、余薪、余米，以及其他三年来寓居中所用的家常零星物件，尽行送给来帮我做短工的、邻近的小店里的儿子。只有四双破旧的小孩子的鞋子（不知为什么缘故），我不送掉，拿来整齐地摆在自己的床下，而且后来看到的时候常常感到一种无名的愉快。直到好几天之后，邻居的友人过来闲谈，说起这床下的小鞋子阴气迫人，我方始悟到自己的痴态，就把它们拿掉了。

朋友们说我关心儿女。我对于儿女的确关心，在独居中更常有悬念的时候。但我自以为这关心与悬念中，除了本能以外，似乎尚含有一种更强的加味。所以我往往不顾自己的画技与文笔的拙陋，动辄描摹。因为我的儿女都是孩子们，最年长的不过九岁，所以我对于儿女的关心与悬念中，有一部分是对于孩子们——普天下的孩子们——的关心与悬念。他们成人以后我对他们怎样？现在自己也不能晓得，但可推知其一定与现在不同，因为不复含有那种加味了。

回想过去四个月的悠闲宁静的独居生活，在我也颇觉得可恋，又可感谢。然而一旦回到故乡的平屋里，被围在一群儿女的中间的时候，我又不禁自伤了。因为我那种生活，或枯坐，默想，或钻研，搜求，或敷衍，应酬，比较起他们的天真、健全、活跃的生活来，明明是变态的，病的，残废的。

有一个炎夏的下午，我回到家中了。第二天的傍晚，我领了四个孩子——九岁的阿宝、七岁的软软、五岁的瞻瞻、三岁的阿韦——到小院中的槐荫下，坐在地上吃西瓜。夕暮的紫色中，炎阳的红味渐渐消减，凉夜的青味渐渐加浓起来。微风吹动孩子们的细丝一般的头发，身体上汗气已经全消，百感畅快的时候，孩子们似乎已经充溢着生的欢喜，非发泄不可了。最初是三岁的孩子的音乐的表现，他满足之余，笑嘻嘻摇摆着身子，口中一面嚼西瓜，一面发出一种像花猫偷食时候的"ngam ngam"的声音来。这音乐的表现立刻唤起了五岁的瞻瞻的共鸣，他接着发表他的诗："瞻瞻吃西瓜，宝姐姐吃西瓜，软软吃西瓜，阿韦吃西瓜。"这诗的表现又立刻引起了七岁与九岁的孩子的散文的、数学的兴味:他们立刻把瞻瞻的诗句的意义归纳起来,报告其结果:"四个人吃四块西瓜。"

于是我就做了评判者,在自己心中批判他们的作品。我觉得三岁的阿韦的音乐的表现最为深刻而完全,最能全般表出他的欢喜的感情。五岁的瞻瞻把这欢喜的感情翻译为(他的)诗,已打了一个折扣;然尚带着节奏与旋律的分子,犹有活跃的生命流露着。至于软软与阿宝的散文的、数学的、概念的表现,比较起来更肤浅一层。然而看他们的态度,全部精神没入在吃西瓜的一事中,其明慧的心眼,比大人们所见的完全得多。天地间最健全的心眼,只是孩子们的所有物,世间事物的真相,只有孩子们能最明确、最完全地见到。我比起他们来,真的心眼已经被世智尘劳所蒙蔽,所斳①丧,是一个可怜的残废者了。我实在不敢受他们"父亲"的称呼,倘然"父亲"是尊崇的。

我在平屋的南窗下暂设一张小桌子,上面按照一

---

① 斳:为"斩"的异体字。——编者注

定的秩序而布置着稿纸、信笺、笔砚、墨水瓶、浆糊瓶、时表和茶盘等，不喜欢别人来任意移动，这是我独居时的惯癖。我——我们大人——平常的举止，总是谨慎，细心，端详，斯文。例如磨墨，放笔，倒茶等，都小心从事，故桌上的布置每日依然，不致破坏或扰乱。因为我的手足的筋觉已经由于屡受物理的教训而深深地养成一种谨惕的惯性了。然而孩子们一爬到我的案上，就捣乱我的秩序，破坏我的桌上的构图，毁损我的器物。他们拿起自来水笔来一挥，洒了一桌子又一衣襟的墨水点；又把笔尖蘸在浆糊瓶里。他们用劲拔开毛笔的铜笔套，手背撞翻茶壶，壶盖打碎在地板上……这在当时实在使我不耐烦，我不免哼喝他们，夺脱他们手里的东西，甚至批他们的小颊。然而我立刻后悔：哼喝之后立刻继之以笑，夺了之后立刻加倍奉还，批颊的手在中途软却，终于变批为抚。因为我立刻自悟其非：我要求孩子们的举止同我自己一样，何其乖谬！我——我们大人——的举止谨惕，是为了身体手足的筋觉已经受了种种现实的压迫而痉挛了的缘故。

孩子们尚保有天赋的健全的身手与真朴活跃的元气，岂像我们的穷屈？揖让、进退、规行、矩步等大人们的礼貌，犹如刑具，都是戕贼这天赋的健全的身手的。于是活跃的人逐渐变成了手足麻痹、半身不遂的残废者。残废者要求健全者的举止同他自己一样，何其乖谬！

　　儿女对我的关系如何？我不曾预备到这世间来做父亲，故心中常是疑惑不明，又觉得非常奇怪。我与他们（现在）完全是异世界的人，他们比我聪明、健全得多；然而他们又是我所生的儿女。这是何等奇妙的关系！世人以膝下有儿女为幸福，希望以儿女永续其自我，我实在不解他们的心理。我以为世间人与人的关系，最自然最合理的莫如朋友。君臣、父子、昆弟、夫妇之情，在十分自然合理的时候都不外乎是一种广义的友谊。所以朋友之情，实在是一切人情的基础。"朋，同类也。"并育于大地上的人，都是同类的朋友，共为大自然的儿女。世间的人，忘却了他们的大父母，而只知有小父母，以为父母能生儿女，儿女为父母所生，故儿女可以永续父母的自我，而使之永存。于是无子者叹天道之无知，子不肖者自伤其天命，而狂进杯中之物，其实天道有何厚薄于其齐生并育的儿女！我真不解他们的心理。

近来我的心为四事所占据了：天上的神明与星辰，人间的艺术与儿童，这小燕子似的一群儿女，是在人世间与我因缘最深的儿童，他们在我心中占有与神明、星辰、艺术同等的地位。

（本文原载1928年10月10日《小说月报》第19卷第10号）

孩 子

梁实秋

我一向不信孩子是未来世界的主人翁,
因为我亲见孩子到处在做现在的主人翁。

兰姆是终身未娶的,他没有孩子,所以他有一篇《未婚者的怨言》收在他的《伊利亚随笔》里。他说孩子没有什么稀奇,等于阴沟里的老鼠一样,到处都有,所以有孩子的人不必在他面前炫耀。他的话无论是怎样中肯,但在骨子里有一点酸——葡萄酸。

　　我一向不信孩子是未来世界的主人翁,因为我亲见孩子到处在做现在的主人翁。孩子活动的主要范围是家庭,而现代家庭很少不是以孩子为中心的。一夫一妻不能成为家,没有孩子的家像是一株不结果实的树,总缺点什么;必定等到小宝贝呱呱坠地,家庭的柱石才算放稳,男人开始做父亲,女人开始做母亲,大家才算找到各自的岗位。我问过一个并非"神童"的孩子："你妈妈是做什么的?"他说:"给我缝衣的。""你爸爸呢?"小宝贝翻翻白眼:"爸爸是看报的!"但是他随即更正说:"是给我们挣钱的。"孩子的回答全对。爹妈全是在为孩子服务。母亲早晨喝稀饭,买鸡蛋给孩子吃;父亲早晨吃鸡蛋,买鱼肝油精给孩子吃。最好的东西都要献呈给孩子,否则,做父母的心里便起惶恐,像是做了什么大逆不道的事一般。孩子的健康及其舒适,成为家庭一切设施的一个主要先决问题。这种风气,自古已然,于今为烈。自有小家庭制以来,孩子的地位顿形提高。以前的"孝子"是孝顺其父母之子,今之所谓"孝子"乃是孝顺其孩子之父母。孩子是一家之主,父母都要孝他!

"孝子"之说,并不偏激。我看见过不少的孩子,鼓噪起来能像一营兵;动起武来能像械斗;吃起东西来能像饿虎扑食;对于尊长宾客有如生番;不如意时撒泼打滚有如羊痫;玩得高兴时能把家具什物狼藉满室,有如惨遭洗劫……但是"孝子"式的父母则处之泰然,视若无睹,顶多皱起眉头,但皱不过三四秒钟仍复堆下笑容;危及父母的生存和体面的时候,也许要狠心咒骂几声,但那咒骂大部分是哀怨乞怜的性质,其中也许带一点威吓,但那威吓只能得到孩子的讪笑,因为那威吓是向来没有兑现过的。"孟懿子问孝,子曰:'无违。'"今之"孝子"深韪是说。凡是孩子的意志,为父母者宜多方体贴,勿使稍受挫阻。近代儿童教育心理学者又有"发展个性"之说,与"无违"之说正相符合。

体罚之制早已被人唾弃,以其不合儿童心理健康之故。我想起一个外国的故事:

一个母亲带孩子到百货商店。经过玩具部,看见一匹木马,孩子一跃而上,前摇后摆,踌躇满志,再也不肯下来。那木马不是为出售的,是商店的陈设。店员们叫孩子下来,孩子不听;母亲叫他下来,加倍不听;母亲说带他吃冰淇淋去,依然不听;买朱古力糖去,格外不听。任凭许下什么愿,总是还你一个不听。当时演成僵局,顿成胶着状态。最后一位聪明的店员建议说:"我们何妨把百货商店特聘的儿童心理学专家请来解围呢?"众谋佥同,于是把一位天生成有教授面孔的专家从八层楼请了下来。专家问明原委，轻轻走到孩子身边，附耳低声说了一句话，那孩子便像触电一般，滚鞍落马，牵着母亲的衣裙，仓皇遁去。事后有人问那专家到底对孩子说的是什么话，那专家说："我说的是：'你若不下马，我打碎你的脑壳！'"

这专家真不愧为专家，但是颇有不孝之嫌。这孩子假如平常受惯了不兑现的体罚、威吓，则这专家亦将无所施其技了。约翰孙博士主张不废体罚，他以为体罚的妙处在于直截了当，然而约翰孙博士是十八世纪的人，不合时代潮流！

哈代有一首小诗，写孩子初生，大家誉为珍珠宝贝，稍长都夸做玉树临风，长成则为非做歹，终至于陈尸绞架。这老头子未免过于悲观。但是"幼有神童之誉，少怀大志，长而无闻，终乃与草木同朽"——这确是个可以普遍应用的公式。"小时聪明，大时未必了了。"究竟是知言，然而为父母者多属乐观。孩子才能骑木马，父母便幻想他将来指挥十万貔貅时之马上雄姿；孩子才把一曲抗战小歌哼得上口，父母便幻想着他将来喉声一啭彩声雷动时的光景；孩子偶然拨动算盘，父母便暗中揣想他将来或能掌握财政大权，同时兼营投机买卖……这种乐观往往形诸言语，成为炫耀，使旁观者有说不出的感想。曾见一幅漫画：一个孩子跪在他父亲的膝头用他的玩具敲打他父亲的头，父亲眯着眼在笑，那表情像是在宣告"看看！我的孩子！多么活泼，多么可爱！"旁边坐着一位客人咧着大嘴作傻笑状，表示他在看着，而且感觉兴趣。这幅画的标题是《演剧术》。一个客人看着别人家的孩子而能表示感觉兴趣，这真确实需要良好的"演剧术"。兰姆显然是不欢喜演这样的戏。

孩子中之比较最蠢、最懒、最刁、最泼、最丑、最弱、最不讨人欢喜的，往往最得父母的钟爱。此事似颇费解，其实我们应该记得《西游记》中唐僧为什么偏偏欢喜猪八戒。

谚云："树大自直"，意思是说孩子不需管教，小时恣肆些，大了自然会好。可是弯曲的小树，长大是否会直呢？我不敢说。

（本文初收录入梁实秋著《雅舍小品》，台北正中书局1949年出版）

亲爱的孩子，我愈来愈爱你了

傅 雷

你得千万爱护自己，
爱护我们所珍视的艺术品！
遇到任何一件出入重大的事，
你得想到我们——
连你自己在内——
对艺术的爱！

亲爱的孩子：你回来了，又走了；许多新的工作、新的忙碌、新的变化等着你，你是不会感到寂寞的；我们却是静下来，慢慢的恢复我们单调的生活，和才过去的欢会与忙乱对比之下，不免一片空虚——昨儿整整一天若有所失。孩子，你一天天的在进步，在发展；这两年来你对人生和艺术的理解又跨了一大步，我愈来愈爱你了，除了因为你是我们身上的血肉所化出来的而爱你以外，还因为你有如此焕发的才华而爱你：正因为我爱一切的才华，爱一切的艺术品，所以我也把你当做一般的才华（离开骨肉关系），当做一件珍贵的艺术品而爱你。你得千万爱护自己，爱护我们所珍视的艺术品！遇到任何一件出入重大的事，你得想到我们——连你自己在内——对艺术的爱！不是说你应当时时刻刻想到自己了不起，而是说你应当从客观的角度重视自己：你的将来对中国音乐的前途有那么重大的关系，你每走一步，无形中都对整个民族艺术的发展有影响，所以你更应当战战兢兢，郑重将事！随时随地要准备牺牲目前的感情，为了更大的感情——对艺术对祖国的感情。你用在理解乐曲方面的理智，希望能普遍的应用到一切方面，特别是用在个人的感情方面。我的园丁工作已经做了一大半，还有一大半要你自己来做的了。爸爸已经进入人生的秋季，许多地方都要逐渐落在你们年轻人的后面，能够帮你的忙将要越来越减少；一切要靠你自己努力，靠你自己警惕，自己鞭策。你说到技巧要理论与实践结合，但愿你能把这句话用在人生的实践上去；那么你这朵花一定能开得更美，更丰满，更有力，更长久！

　　谈了一个多月的话，好像只跟你谈了一个开场白。我跟你是永远谈不完的，正如一个人对自己的独白是终身不会完的。你跟我两人的思想和感情，不正是我自己的思想和感情吗？清清楚楚的，我跟你的讨论与争辩，常常就是我跟自己的讨论与争辩。父子之间能有这种境界，也是人生莫大的幸福。除了外界的原因没有能使你把假期过得像个假期以外，连我也给你一些小小的不愉快，破坏了你回家前的对家庭的期望。我心中始终对你抱着歉意。但愿你这次给我的教育（就是说从和你相处而反映出我的缺点）能对我今后发生作用，把我自己继续改造。尽管人生那么无情，我们本人还是应当把自己尽量改好，少给人一些痛苦，多给人一些快乐。说来说去，我仍抱着"宁天下人负我，毋我负天下人"的心愿。我相信你也是这样的。

　　这几日你跟马先生一定谈得非常兴奋。能有一个师友之间的人和你推心置腹，也是难得的幸运。孩子，你不是得承认命运毕竟是宠爱我们的吗？

（本文系傅雷1956年10月写给儿子傅聪的家信）

给儿子

赵丽宏

我从心底里感激你,
我亲爱的儿子。
你的降临,
使我享受到许多以前从未得到过的欢乐,
这是生活的欢乐,
也是做人的欢乐,
做父亲的欢乐。

儿子还小，还不会说话，但是他会哭，会笑，会用一双明亮清澈的大眼睛凝视着你。我和他还不能对话，然而我们之间的交流却是千丝万缕的。我常常信手记下一些感想，我在我的笔记中和我的儿子交谈着……

节　日

今天 6 月 1 日，是普天下孩子们的节日。

恰巧，今天你来到这个世界上正好整 100 天。今天当然也是你的节日，凡凡，我亲爱的儿子。

100 天前那个早晨，你突然敲响了进入人世间的大门。你母亲和我都有些惊慌失措,因为离医生们用科学方法测定的分娩之日还有三个星期。产房的大门紧闭着,我只能在门口等,期待你向这个世界报到的哭声。我担心你这人生的第一步就遇到艰难,我心急如焚!可是没有一点办法,只能眼巴巴地等着。此刻,惊涛骇浪和暴风雨包围着你和你母亲,你们坐在一条小舢板上和风浪搏斗,而我却无能为力!我多么想用自己的肩膀一下子撞开那扇大门,让你平平安安地步入人世……在人生的旅途中,我曾经历过无数次痛苦、漫长、令人心焦的等待,然而没有一次等待能和这次相比。我觉得时间凝固了……

终于,产房的大门轻轻打开了一条缝,门缝里露出一张五十来岁的女人的脸,白帽子下面那一双眯着的眼睛里流淌着疲惫的光芒:

"生了,是儿子。"

尽管她的声音似乎不带任何感情色彩,但世界上不可能有比这更激动人心的声音了;尽管她那爬满皱纹的脸上没有多少笑容,但在我的目光中,这是一张最亲切最美丽的脸。儿子呵,是她用双手把你迎进人间，是她向我宣告我已经成了一个父亲，是她为我们全家迎来了一个节日！谢谢她，记住她吧！

产房的门又关上了。可我还是不愿走开，我把耳朵贴在门缝上，想从中听到你的声音。

产房的门又开了。一位年轻的小护士走出来，手中抱着一个白色的蜡烛包。

"是不是我的儿子？能让我看看么？"

见我焦急不堪的样子，小护士笑了。她小心翼翼地打开蜡烛包，一层又一层……

哦，儿子，你父亲的心跳加速了！我有些紧张，我无法想象我的儿子是何等模样。

当你终于出现在我的视线中时，我的眼睛猛地一亮——我看到了你的眼睛，你的一双睁得大大的又黑又亮的眼睛！你用惊奇的目光盯着我，打量着这个陌生的世界……

"这孩子有点特别，一生下来就睁开了眼睛。"小护士说着，抱着你走开了。

喜悦像钱塘江潮一样涌满了我的胸膛。你那最初的目光如同灿烂的阳光，把我的心房照得一片透亮。

我是奔着跑着跳着离开医院的，路上的行人用奇怪的目光打量着我，可我毫不在乎。我要到花店去买一束鲜花来放到你母亲的床头，当你躺到母亲的怀抱里睁大着眼睛东张西望时，你会看到这鲜花的。这世界用鲜花迎接你，用鲜花庆贺我们的节日……

凝　视

　　是的，打从你来到这个世界之后，我们的生活完全改变了样子，一切中心都转移到了你的身上。为了你的吃、喝、拉、穿、睡，你的父母整日整夜都忙着。我再也无法像从前那样静静地坐在台灯下写文章，你母亲更是没有一刻空闲，她瘦了，眼眶下出现了黑晕……

　　然而我们毫无怨言！你带给我们的欢乐能驱逐一切疲惫烦恼。

　　是的，我从心底里感激你，我亲爱的儿子。你的降临，使我享受到许多以前从未得到过的欢乐，这是生活的欢乐，也是做人的欢乐，做父亲的欢乐。在我凝视着你的时候，这种欢乐便像温暖的电流一样流遍了我的全部身心……

当你睁大了你那双明亮的大眼睛，定定地看着我时，你的明眸中流出来的是世界上最清澈最纯净的泉水，这泉水滋润着我，洗涤着我，安抚着我。在你的清泉中，我感到我的灵魂透明了，我的心灵宁静了，似乎淡漠了所有的欲念，只想被你的清泉淹没、陶醉……

你笑了，浅浅的、淡淡的，既不是大喜，也不是狂欢，只是小嘴微微一翘，嘴角边上出现两个小小的圆圆的酒窝……别人都说你的笑还没有意识，只是一种本能。我却不这样想，你母亲也是。一定是什么事情使你高兴了，是父母的爱？是梦见了未来？……这世界上有许许多多值得欢乐的事情，你笑吧。我知道，你的哭声终于有一天会消失，然而你的笑声却不会失落，笑着面对人生、笑着走向生活、笑着越过坎坷的人是真正的勇者。但愿你成为一个勇者。

哦，儿子，我在凝视你，你知道么？我的目光永远不会离开你。长大成人之后，你或许要远走高飞，去追求你的理想、爱情和事业,然而,你永远走不出父亲的视线,永远……

音　乐

　　玩具堆得像小山了,可你似乎对这些并不感兴趣,只是毫无表情地看着它们,甚至连看都懒得看,唯独有一件东西例外,那是墙上的一幅彩色照片。每次抱你走过那里,你总是目不转睛地盯着这幅照片看,看着,看着,小嘴一咧就笑了。照片上是一支燃着的蜡烛,烛壳里,斜靠着一把深红色的小提琴,小提琴的上方,是贝多芬的头像浮雕。你难道喜欢上这幅照片了?照片上的烛光远不如窗外的阳光灿烂,小提琴也远不如那些崭新的玩具光鲜,还有那位贝多芬老爷爷,他皱着眉头在沉思,像一头闭目养神的狮子,小孩子怎么会喜欢这模样呢?可你就是爱盯着这幅照片看,你到底在想什么?你母亲说:"这孩子,将来兴许要做音乐家呢!"你母亲当然是说笑话。你父亲童年时倒真的做过音乐家的梦,他以为这世界上最美好最奇妙的就是音乐。然而你父亲终于没能做成音乐家。假如，我的未能实现的梦想真能由你来实现，那是何等令人欣喜的事情。不要笑话我的胡思乱想吧，儿子，我知道，父母决不可能为你设计未来，但不管你将来干什么，让音乐做你的好伴侣吧，音乐能使人高尚，能使人纯净，也能使人产生美妙的联想！

于是我搬来一台录音机放到你的枕头边，让音乐时时陪伴着你。我没有儿童音乐的音带，只有贝多芬、莫扎特、肖邦、柴可夫斯基、舒伯特……这都是一些严肃的老爷爷，他们的歌声常常不那么快乐，那些忧伤沉重的曲子，会带给你快乐么？当音乐轻轻地响起来时，你瞪圆了眼睛，仿佛要寻找：这声音来自何方——这些美妙的声音？你起劲地挥动着小手，似乎想捉住声音，但你不能。你有些急了，又起劲地蹬着脚，好像是想赶走这些声音，但你也不能。终于安静下来，你喜欢这些声音了——我知道，从你安静怡然的眼神中……

音乐是一条清澈的河流，拥抱着你，抚摸着你，冲击着你。有一天，你会像一条小鱼，在这条清清的河里自由而又欢乐地游泳的……

儿子呵，墙上那位皱着眉头的贝多芬老爷爷正看着你呢！

思 念

当你不在我身边的时候，朋友们问我："想儿子么？"我回答："想！儿子的形象充满了我的脑海。"

是的，我们已经有过几次离别了，最远的一次，我们之间竟相隔几万公里，你父亲到了地球另一边。儿子呵，你可知道，在异国的土地上，我是如何地思念你！一闭上眼睛，我就看见了你那双亮晶晶的大眼睛，你呀呀地喊着向我挥手——那是在你和你母亲一起送我上飞机时，我远远地看见的你的模样。你可是在祝福我一路平安？晚上入睡之前，细细地在脑海中描绘你，那真是一种莫大的幸福。在梦乡中，我常常遇见你。睡着的时候，我总是以为你就躺在我身边，于是像往常一样，我伸出手想抚摸你，当发现身边是空的的时候，我一下子惊醒了，并且猛地跳了起来——我担心你是从床上滚到了地下。知道这是一场虚惊之后,我长长地松了一口气,然而对你的思念却愈加强烈……

儿子呵,不管走到哪里,父亲的心总在你身旁。爱,像一条无形的线,系住了我的心,而这条线的另一端,就在你的小手上牵着。

(本文写于1986年1月,选自《赵丽宏散文精读》,浙江人民出版社2018年6月出版)

学 步

赵丽宏

生命的过程,
大概就是学步和寻路的过程。
儿子啊,
你要勇敢地走,
脚踏实地地走。

儿子,你居然会走路了!我和你母亲永远不会忘记这一天。在这之前,你还整日躺在摇篮里,只会挥舞小手,将明亮的大眼睛转来转去。有时偶尔能扶着床沿站立起来,但时间极短,你的腿脚还没有劲,无法支撑你的小小的身躯。这天,你被几把椅子包围着,坐在沙发前摆弄积木。我们只离开你几分钟,到厨房里拿东西,你母亲回头望房里时,突然惊喜地大叫:"啊呀,小凡走路了!"我回头一看,也大吃一惊:你竟然站起来推开包围着你的椅子,然后不依靠任何东西,自己走到了门口!我们看到你时,你正站在房门口,脸上是又兴奋又紧张的表情,看见我们注意你时,你咧开嘴笑了，你似乎也为自己能走路而感到惊奇呢。

从沙发到房门口不过四五步路，这几步路对你可是意义不凡，这是你人生旅途上最初的几步独立行走的路。我们都没有看见你如何摇摇晃晃走过来，但你的的确确是靠自己走过来了。当你母亲冲过去一把将你抱起来时，你却挣扎着拼命要下地。你已经尝到了走路的滋味，这滋味此刻胜过你世界里已知的一切。靠自己的两条腿，就能找到爸爸妈妈，就能到达你想到达的地方，那是多么奇妙多么美好的事情！

你的生活从此有了全新的内容和意义。只要有机会，你就要甩开我的手摇摇晃晃走你自己的路。你在床上走，在屋里走，在马路上走，在草地上走；你走着去寻找玩具，走着去阳台上欣赏街景，走去追赶比你大的孩子们……

儿子，你从来不会想到，在你学步的路上，处处潜伏着危险呢。在屋里，桌角、椅背、床架、门，都可能成为凶器将你碰痛。当你跟跟跄跄在房间里东探西寻时，不是撞到桌角上，就是碰翻椅子砸痛脚，真是防不胜防。已经数不清你曾经多少次摔倒，数不清你的头上曾被撞出多少处乌青和肿块，每次你都哭叫两声，然后脸上挂着泪珠爬起来继续走你的路。摔跤摔不冷你渴望学步的热情。在室外，你更是跃跃欲试，两条小腿像一对小鼓槌，毫无节奏地擂着各种各样的地面。你似乎对平坦的路不感兴趣，哪里高低不平，哪里杂草丛生，哪里有泥泞水洼，你就爱往哪里走，只要不摔倒，你总是乐此不疲。这是不是人类的天性？在你未来的人生旅途上，必然会遇到无数曲折坎坷和泥泞，儿子啊，但愿你不要失去了刚刚开始学步的那份勇气。

　　起初，你摔倒的时候，总是趴在地上瞪大眼睛望我们，见我们不来抱你，你觉得有点委屈。但你很快就习惯了，并且学会了一骨碌爬起来，再不把摔跤当一回事。那次你沿着路边的一个花坛奔跑，脚下被一块大石头绊了一下，我们在你身后眼看着你一头撞到花坛边的铁栏杆上，心如刀戳，却无法救你，铁栏杆犹如一柄柄出鞘的剑指着天空！你趴在地上，沉默了片刻，才放声哭起来。我奔过去把你抱在怀中，不忍看你额头的伤口，我担心你的眼睛！好险啊，铁栏杆撞在你额头正中，戳出一道又长又深的口子，血沿着你的脸颊往下流……

你的额头留下了难以消退的疤痕，这是你学步的代价和纪念。

儿子，你的旅途还只是刚刚开始，你前面的路很长很长，有些地方也许还没有路，有些地方虽有路却未必能通向远方。生命的过程，大概就是学步和寻路的过程。儿子啊，你要勇敢地走，脚踏实地地走。

（本文写于1986年春天，选自赵丽宏著《人生妙境》，山东文艺出版社2022年7月出版）

孩子是落到地面的云

朱成玉

我在心里对自己说:
你一定要成为一个好父亲,
一定要让你的孩子成为世界上
最快乐最幸福的孩子,
一定要让她学会去爱……

孩子是落到地面的云，他们缓缓移动，他们迅捷奔跑，与天上的云彼此呼应，它们纯粹洁白的心里，除了一捧晶莹的泪水，再无其他。

周末和孩子一起去公园里走山，走一圈要近一小时。我担心孩子小，坚持不下来，可是女儿嚷嚷着非要去，没办法，只好带她去尝试一番。结果完全出乎我的意料，她不仅顺利走了下来，而且没有显出一点疲态，我却已经累得直不起腰来了。

一路上，我发现孩子也有累的时候，可是忽然看到前方不远处的一个小凉亭，就来了兴致，快步奔了过去，去那小凉亭里坐一会儿。再走一会儿，就又会被一朵好看的小花吸引,又会快乐地跑几步,跑到那朵花跟前儿,闭着眼闻一闻那朵花的香,忽然就注入了新的力量一般,又变得轻盈起来,如一朵云。

就这样,一路上,恐龙和大象的雕塑,甚至蘑菇型的小凳子,都会惹起她的惊叫,任何一点"风吹草动"都能点亮她的眼睛,点亮她的心,而这儿,大概就是孩子不觉得劳累的缘故吧。而女儿最后说的一句话更是让我警醒,她说:"爸爸,以后周末可不可以不让我去学钢琴和画画啊?我只想和你来走山。"对于女儿这个"无理要求",我断然拒绝。

近几日,起了雾霾,我早晚锻炼的计划跟着取消了,就连上班等通勤车的当口,都要戴着一副口罩,如临大敌的样子。各种分析都在说,这雾霾里有害物质太多,不加注意,我们都会成为"吸尘器"。这样的雾霾在我们这里很少见,长这么大,还是头一次遇到这种情况。大街上,人和人十米之内都互相看不见,火车停运,高速封道,整个生活被打乱,夹杂着七零八碎的牢骚满腹。

这只能说明一个问题，这个城市终于也没能逃脱被工业化污染的命运。整个城市仿佛海市蜃楼一般，飘忽在茫茫云雾之间。可是生活还要继续，我们只好硬着头皮，在有毒的雾中穿行。

停课在家的女儿隔着玻璃窗，好奇地看着这场面，忽然语出惊人地说：

"爸爸，云朵从天上飘下来了呢！"

孩子的心，尚没有被污染，这算是唯一值得庆幸的事情吧。我不忍告诉她真相，就顺着她的思路告诉她：

"是啊，她是看我们的世界太脏，下来帮我们打扫卫生来了。"

"云朵真好！"女儿说道，眼里满是对云朵的疼爱。用这个角度去想，我换了一种心情。不再那么压抑了，用女儿的思想来看，这落下来的云朵，在亲吻大地。

"我也要像云朵一样，做个乖孩子。"女儿忽然"开悟"了一般，跑去厨房帮着妈妈收拾垃圾去了，她用一颗纯净的心，在打扫眼前的世界。

想想现在的孩子，累得很，打从进了幼儿园，就开始背负各种"学习"的十字架，那小小的脊背，总是被重重的书包压得很弯,让人心疼和爱怜。可是我们又不能放松,不想让孩子输在"起跑线上"。有时候觉得对不住孩子,在心底对孩子说:"玩具是你的,但童年不是。孩子,我们孕育了你,却无法点亮你,我们把你接到宽敞无比的世界,而你,却如同活在山洞中。在你的眼里,有的是不合时宜的累,我已经看不到快乐。"

孩子,是落到地面的云,轻飘飘的,毛茸茸的,最主要,是洁白纯净的。他们应该是最轻盈的,而大人们总是习惯将自己那颗功名利禄之心紧紧绑在他们身上,让这朵云沉甸甸的,再也飘不起来。

我想起她还未出生的时候,我抚摸妻子隆起的小腹,和熟睡中的她贴个脸儿。我在心里对自己说:你一定要成为一个好父亲,一定要让你的孩子成为世界上最快乐最幸福的孩子,一定要让她学会去爱,爱每一盏灯,每一片云,每一朵花,爱故乡的每一块砖……

那算是我对孩子最初的承诺吧。从今天开始,我要努力践行自己的诺言,给这落到地面的云朵,建一个自由自在、快乐无忧的乐园。

号外：

有时候，孩子会让我们羞愧，也会让我们的内心变得更为纯净。总说我们在引导孩子，其实有时候，恰恰是他们在引导我们。

他们的心，是真善美的源泉。

（本文原载2014年《语文周报·初中版》第19期）

❖ 为你,我说过多少
颠三倒四的话

张丽钧

当你走得太快,
我祈盼着用爱截住你;
当你走得太慢,
我祈盼着用爱赶上你。

一天，儿子突然对我说："妈妈，你跟我说的好多话，听起来都是自相矛盾的。"

我愣了一下。是这样吗？怎么会是这样？

嗯，好好想一想，为你，我究竟说过多少自相矛盾的话？

——我说："你要多吃一些啊！"我又说："你可别吃得太多啊！"总企图让你吃遍世上珍馐，又担心你不懂得节制，吃坏了身型吃坏了胃。出差的时候，习惯带一些当地小吃回来，哪怕你在万里之外，哪怕你半年之后才能回家，那也要放在冰箱里，等你回来吃；而当你父亲接连不断地往你碗里放红烧肉时，我竟会抢过来一些，怨责道："别给他那么多！"

——我说："你要快点走啊，千万别迟到！"我又说："别走太快，路上注意安全！"希望你永远不是那个在安静的教室外面嗫嚅地喊"报告——"的孩子，希望你无论与谁相约都永远先他（她）一步到达。但是，一旦你消失在我的视野中，我就开始用种种可怕的虚拟场景惊吓自己，担心你遇到不长眼的车，担心你只顾匆匆赶路，没注意到前面的一道沟坎。我派自己的心追踪你，告诉你说："孩子，别急，慢慢走。"

——我说："你一定要做完了各科作业再睡！"我又说："别熬到太晚，早点休息吧。"我多么怕你把学习当成儿戏，我多么怕你成为一个不争气的孩子啊！面对着"抄写八遍课文"这样的"脑残作业"，我想说："去他的！别做了！"但话到嘴边却变成了"抄八遍就抄八遍吧"这样没心肝的句子。我好害怕你在抗议中滋长了对知识的轻慢不恭，所以，我宁愿选择暂时站在谬误的一边，看你平静地完成一份"脑残作业"。在大考将至的日子里，你埋头题海，懂事地克扣掉了自己的睡眠。你知道吗？当我说"孩子，睡吧"

时，我心里却盼着你回答："妈妈，我再学会儿。"

——我说："衣服嘛，没必要太讲究，能遮羞避寒就可以了。"我又说："买衣服，别将就，好衣服能带来好心情。"我读大三那年，曾经被一条骄矜地挂在宣化"人民商场"的天价咖色裤子折磨得寝食不安……我好怕那样的不安也会来折磨你。我说："没出息的人才会甘当衣服的奴隶。"可是，当我看到你捡徐磊哥哥的旧衣服穿也欢天喜地时，我又忍不住为你委屈起来。当你到异地求学，我嘱你要学会逛服装店，为自己挑几件像样的应季服装。不料，你竟学着我的腔调说："没出息的人才会甘当衣服的奴隶。"

——我说："你千万不要早恋！"我又说："遇到个好女孩就该勇于向她示好。"我一遍遍教导你：人生，一定要遵从"要事第一"的原则；人生的每个阶段都只能有一首"主题歌"。所以，在你读高中的日子里，我近乎神经质地提防着每一个和你接触的女孩。当她们打来电话，我会很没素养地劈头就是一句："你叫什么名字？"后来，你赌气般地不再跟任何女孩交往了，我又开始担心你辜负了上苍的苦心赐予。

我发短信告诉你说:"记得本妈妈曾告诫你:不要在一朵花前过久停留。但是现在,本妈妈要隆重补充:特别卓越的花朵除外!"

——我说:"孩子,你能飞多远就飞多远吧!"我又说:"还有什么比一家人生活在一起更重要的事呢?"我曾嘲笑一个接了母亲班的女孩,说她们母女在单位的公共浴室里互相搓背简直是一道独特的凡间风景。我愿意看你远走高飞,不愿意让你始终窝在这座你出生的城市里。但当你独自沐浴了六载欧罗巴的阳光,当你如愿以偿地拥有了一顶博士帽,我却频频梦见你回归,在梦里,我清清楚楚地听见你说:"妈妈,我已厌倦漂泊。"我也清清楚楚地听见自己说:"孩子,回来吧,回来了我带你去东来顺吃涮羊肉!"

……

不曾被矛盾重重的想法折磨过的心,不是母亲的心。因为爱得太深,所以才会昧,才会惑,才会颠三倒四,才会出尔反尔。孩子,你可知道?当你走得太快,我祈盼着用爱截住你;当你走得太慢,我祈盼着用爱赶上你。所以,无论我说过多少自相矛盾的话,无论

这些话让你觉得多么无所适从,我都希望你懂得我说这些话的出发点与归宿。

(本文选自张丽钧著《蝴蝶的一个吻触》,作家出版社2015年5月出版)

孩子的逻辑

王开林

等到你羽翼丰满了,
就没必要再趴在窝里,
而应该高飞远翔。
现在做足有用功,
将来才可以少做甚至不做无用功。

PART 1 人间的天使

女儿邀请我跟她一起看电视综艺节目《爸爸去哪儿》,我欣然陪伴。那些明星返璞归真,努力演好他们貌似熟悉实则陌生的慈父角色,几岁大小的"花骨朵"远离温室,如同玩兴激增的野猴,体验他们从未体验过的民间快乐(快乐无垠)和人间疾苦(疾苦有限)。这种父子秀、父女秀比许多真人秀节目更能吸引观众的眼球。女儿的年龄大于那些孩子,她喜欢这个节目,但感觉并不过瘾。

女儿有空就到书房来跟我聊天。她建议每年寒暑假全家外出旅游,每次半个月左右。我说:"旅游当然好,能够拓宽眼界,亲近山水,呼吸新鲜空气,我举双手赞成这个建议。你告诉我,全家出游,需要做哪些准备?"她歪着头想了想,然后扳着手指回答:"要准备行李、身份证、照相机、银行卡,预订飞机票和宾馆房间。是不是我还忘了什么?哦,一定要记得带上防晒霜,要不然就得去做黑人牙膏的广告了。没 iPad① 也不行,不听歌,不看电影,晚上没法儿过。"这就是现在的孩子,充分追求生活的舒适度,觉得物质享受是一件极其简单的事情,跟喝饮料、吃零食没什么区别。

  我不可能完全迎合女儿的想法,于是提议将她的方案修改为每年出省旅游一次,在省内体验生活一次。体验生活的内容有哪些?我的设想是:去乡下干几天活,顶辛苦的是喂猪、放牛、种菜、植树、抛秧,顶轻松的是掘竹笋、拾蘑菇、采菱角、刨红薯。当然,去社区做义工,或者承包一部分家务,也行,项目很多,任选其中一项到两项。我说:"你在家里学会煮饭和下面条,都有成就感,干那些活儿还会有额外的乐趣。越是亲近土地的生活就越是真实的生活,你应该明白

---

① iPad:平板电脑。——编者注

这个道理。"女儿一笑而逃。她固执地认为，爸爸是把道理当饭吃的人，妈妈是把道理当菜吃的人，她呢，是把道理当水果布丁吃的人，意思意思就够了嘛。

孩子的逻辑跟大人不一样。女儿远远没有乖到我给什么她就要什么、我说什么她就信什么的程度。恰恰相反，她希望她要什么我就给什么，她信什么我就说什么，这当然不可能，彼此有代沟，有矛盾，就难免会有交锋。

有一次，女儿做作业心不在焉，注意力涣散，她妈妈批评她，她不服，两人唇枪舌剑。她妈妈生气了，说是懒得再管她，何苦勤勤恳恳做这种费心费力不讨好的恶人，今后干脆做个甩手掌柜算了。我只好出面打圆场，对女儿说："你想想看，如果爸爸不努力，你妈妈就不可能辞职回家，把你照顾得这么好，从出生到现在，你从未住过一次医院、打过一次吊针，你去问问你们同学，看看谁能如此幸运。如果爸爸不努力，你哪能有现在的学习条件？"女儿噘着嘴，扬起眉，摆出绝地反击的架势，嚷嚷道："如果爸爸不努力，就考不上大学，就成不了作家，就不可能娶到妈妈，就不可能有我这么好的女儿。你的努力已得到丰厚的回报,应该谢天谢地谢我才对啊!怎么反过来要我感激涕零呢?"这就是孩子的逻辑,不按常理、常识出牌,倒是别有一番趣味。

女儿喜欢上网阅读文章。有一天,她如获至宝,找到了美国甲骨文公司总裁拉里·埃里森在耶鲁大学演讲的一篇狂言,核心主题是:比尔·盖茨、乔布斯、扎克伯格和他都是大学低年级的辍学生,在大学里学不到创业精神,也学不到创新技能,根本没必要浪费生命做无用功。于是女儿将作业本扔到一边,大声嚷嚷:"你们知道不知道,我这是在浪费生命,这个世界上最优秀的人都是辍学生,我却还在做无用功!"她妈妈就反驳女儿:"你先得像他们考入哈佛大学或耶鲁大学才行,到时候,辍不辍学由你决定!"我的语气则没那么强硬,只是温和地提醒女儿:"世界上有那么多辍学生,是不是都成了顶尖级的优秀人物?像比尔·盖茨、乔布斯、扎克伯格和拉里·埃里森那样的超级天才屈指可数。不过,我赞同拉里·埃里森的一个观点,等到你羽翼丰满了,就没必要再趴在窝里,而应该高飞远翔。现在做足有用功,将来才可以少做甚至不做无用功。"

女儿将来会如何发展,实难预料。她所处的时代不同了,可选的道路不同了,思维方式和生活方式也与父母迥然不同,我们的经验和学识到底还能够帮助她多少?让女儿遵循她想遵循的发展逻辑,让女儿找寻她想找寻的前进方向,这也许有点冒险,但值得一试。

(本文原载 2018 年 4 月 13 日《光明日报》,略有改动)

空白的女儿

朱成玉

女儿,
你是空白的,
所以,
你装得下全世界的倒影。

女儿，你是空白的，这多好。没有爱恨情愁在前面等着你去心力交瘁，没有是非曲直等着你判断评说，空白的心里，只有奶白色的梦幻。

女儿，你在梦里哭了，婴儿的梦里，到底有什么？这是永远无法揭开的谜题。我不能喊醒你，却又无法进入你的梦里去解救你。就像有一天，我老了，躺在病床上，无力再去擦拭你脸上的泪水，我是一个多么无力的父亲。

我喜欢抱着婴儿时的你去公园，我想看到你在看到你生命中第一朵花时的样子，听到第一声鸟鸣时的惊喜，我是在借你的眼睛，你的耳朵，回到自己的懵懂年华，借助于你的眼睛，我可以变成星星，变成蛐蛐，变成毛毛虫，甚至，可以变回一滴露水。

女儿，你刚刚能坐起来的时候，整个地球都在你的屁股下面，缓缓转动。对于你来说，整个地球，都不过是你的磨盘而已。就算你不小心尿了床，我也当做是磨盘上磨出了新鲜的汁儿。

"蛐蛐在哪里呢？"你问。

"在墙角的缝隙里。"我说。

"它们是不是困在里面出不来，在喊救命啊？"你说你想救它们出来。

蛐蛐儿似乎听见了我们的对话，叫得更欢脱了。

你说，时钟有四只脚。我说，时针、分针和秒针，明明是三只脚，第四只脚在哪里呢？你说，一定有第四只脚的，你看不到，我也看不到，但是我相信，一定会有的，不然，它们怎么走得稳啊？

你起床，打开窗，看到了窗外的雨，你和我说："爸爸，不知道为啥，下雨了我就想哭。"小小的女儿，你的心是如此多愁善感。

你的问题总是让我猝不及防。比如你问，夏洛为何会死？我只能告诉你，小蜘蛛夏洛为了救它的好朋友小猪威尔伯才死的。你不想让他们死，那你就拿起笔，接着把这个故事写下去好不好？让夏洛活过来好不好？

你满意地应着。

你那颗居住在童话里的心，是不能感知尘世的险恶与悲凉的。所以，有时候，不知道该如何向你解释我眼里看到的一切。就像，不知该如何对月亮解释寒冷，如何对爱人解释爱；不知该如何对花朵解释芬芳，如何对仇人解释恨。

我只能尽力地，把你的心灵向着阳光的地界，缓缓地拽。

夜里，你忽然问我："爸爸，白天堆的雪人，自己在外面，会不会害怕？"

我说："它要是害怕，该怎么办呢？"

"那我就去陪陪它。"

或许刚才雪人还是害怕的，但是现在不怕了，因为你把一颗勇敢的心，通过你自己，传递给了它。

你偷偷爬上屋顶，用一根粘蜻蜓的杆子，在那里专心致志地，粘那些最矮的星星。这只有漫画中才有的场景，我不忍打扰。我会帮你记住这一刻，等着将来的某一天，你对生活充满厌倦，或者因为劳累而埋怨，我就会和你一起拉开这一幕——女儿，虽然你无法把星星粘住，但是，那一刻，你是离星星最近的人。

你看到的云，一手拿着橡皮，一手拿着画笔。那云一会儿被擦掉，一会儿又被画出来。女儿，我一直在学着你那样去看一朵云。如果云朵掉下来，我便不会躲闪，我会从它柔软的心间穿过，淋一身雨，带着潮湿的气味，回到阳光下，慢慢烘干。

女儿，你是空白的，所以，你装得下全世界的倒影。

我想把月季、芍药、金达莱都别在你的头上，给你一段香气，等你长发及腰，等那个爱你的男子，继续把一些著名的和不著名的花，别在你的发梢。

我对那个男子有这样的要求——给她以居所，永远不要让她颠沛流离；给她以葳蕤，永远不要让她心生荒凉；给她以琴弦，永远不要让她的乐音停止；给她以永远的爱意，如同空气和水。

如果我是神，我将尽我所能赐予你应有的幸福，但同时会赐予你空空的篮子。因为更多的幸福，是需要你自己去采撷的。

女儿，如果可能，我愿意再苟活数十载，以便能分走你将来或许会遭遇的所有的苦。而此刻，我唯愿你是空白的，你越是空白，那里的山川就会越辽阔；越是空白，那里的鸟声就会越婉转。

我愿执笔，在你空白的雪地上写下第一个字：爱。一生的幸福，也必将从此刻开始纷纷扬扬。

（本文原载 2020 年 4 月《时代邮刊》第 7 期）

PART 2
父母的责任

先有大人"美丽",
后有孩子"动人"

父母的责任

朱自清

◇◇◇◇◇◇◇◇◇◇◇

以儿童为本位，
理解他们，
指导他们，
解放他们。

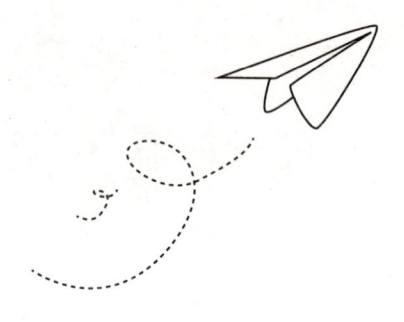

在很古的时候，做父母的对于子女，是不知道有什么责任的。那时的父母以为生育这件事是一种魔术，由于精灵的作用；而不知却是他们自己的力量。所以那时实是连"父母"的观念也很模糊的；更不用说什么责任了！（哈蒲浩司曾说过这样的话）他们待遇子女的态度和方法，推想起来，不外根据于天然的爱和传统的迷信这两种基础；没有自觉的标准，是可以断言的。后来人知进步，精灵崇拜的思想，慢慢的消除了；一般做父母的便明白子女只是性交的结果，并无神怪可言。但子女对父母的关系如何呢？父母对子女的责任如何呢？那些当仁不让的父母便渐渐的有了种种主张了。且只就中国论，从孟子时候直到现在，所谓正统的思想，大概是这样说的：儿子是延续宗祀的，便是儿子为父母，父母的父母……而生存。父母要教养儿子成人，成为肖子——小之要能挣钱养家，大之要能光宗耀祖。但在现在，第二个条件似乎更加重要了。另有给儿子娶妻，也是父母重大的责任——不是对于儿子的责任，是对于他们的先人和他们自己的责任；因为娶媳妇的第一目的，便是延续宗祀！至于女儿，大家都不重视，甚至厌恶的也有。卖她为妓，为妾，为婢，寄养她于别人家，作为别人家的女儿；送她到育婴堂里，都是寻常而不要紧的事；至于看她作"赔钱货"，那是更普通了！在这样情势之下，父母对于女儿，几无责任可言！普通只是生了便养着；大了跟着母亲学些针黹，家事，等着嫁人。这些都没有一定的责任，都只由父母"随意为之"。只有嫁人，父母却要负些责任，但也颇轻微的。在这些时候，父母对儿子总算有了显明的责任，对女儿也算有了些责任。但都是从子女出生后起算的。

至于出生前的责任,却是没有,大家似乎也不曾想到——向他们说起,只怕还要吃惊哩!在他们模糊的心里,大约只有"生儿子"、"多生儿子"两件,是在子女出生前希望的——却不是责任。虽然那些已过三十岁而没有生儿子的人,便去纳妾,吃补药,千方百计的想生儿子,但究竟也不能算是责任。所以这些做父母的生育子女,只是糊里糊涂给了他们一条生命!因此,无论何人,都有任意生育子女的权利。

近代生物科学及人生科学的发展,使"人的研究"日益精进。"人的责任"的见解,因而起了多少的变化,对于"父母的责任"的见解,更有重大的改正。从生物科学里,我们知道子女非为父母而生存;反之,父母却大部分是为子女而生存!与其说"延续宗祀",不如说"延续生命"和"延续生命"的天然的要求相关联的,又有"扩大或发展生命"的要求,这却从前被习俗或礼教埋没了的,于今又抬起头来了。所以,现在的父母不应再将子女硬安在自己的型里,叫他们做"肖子",应该让他们有充足的力量，去自由发展，成功超越自己的人！至于子与女的应受平等待遇，由性的研究的人生科学所说明，以及现实生活所昭示，更其是显然了。这时的父母负了新科学所指定的责任，便不能像从前的随便。他们得知生育子女一面虽是个人的权利，一面更为重要的，却又是社会的服务，因而对于生育的事，以及相随的教养的事，便当负着社会的责任；不应该将子女只看作自己的后嗣而教养他们，应该将他们看作社会的后一代而教养他们！这样，女儿随意怎样待遇都可，和为家族与自己的利益而教养儿子的事，都该被抗议了。这种见解成为风气以后，将形成一种新道德："做父母是'人的'最高尚、最神圣的义务和权利，又是最重大的服务社会的机会！"因此，做父母便不是一件轻率的、容易的事；人们在做父母以前，便不得不将自己的能力忖量一番了。——那些没有做父母的能力而贸然做了父母，以致生出或养成身体上或心思上不健全的子女的，便将受社会与良心的制裁了。在这样社会里，子女们便都有福了。只是，惭愧说的，现在这种新道德还只是理想的境界!

依我们的标准看,在目下的社会里——特别注重中国的社会里,几乎没有负责任的父母!或者说,父母几乎没有责任!花柳病者,酒精中毒者,疯人,白痴都可公然结婚,生育子女!虽然也有人慨叹于他们的子女从他们接受的遗传的缺陷,但却从没有人抗议他们的生育的权利!因之,残疾的、变态的人便无减少的希望了!穷到衣食不能自用的人,却可生出许多子女;宁可让他们忍冻挨饿,甚至将他们送给人,卖给人,却从不怀疑自己的权利!也没有别人怀疑他们的权利!因之,流离失所的,和无教无养的儿童多了!这便决定了我们后一代的悲惨的命运!这正是一般作父母的不曾负着生育之社会的责任的结果。也便是社会对于生育这件事放任的结果。所以我们以为为了社会,生育是不应该自由的;至少这种自由是应该加以限制的!不独精神,身体上有缺陷的,和无养育子女的经济的能力的应该受限制;便是那些不能教育子女,乃至不能按着子女自己所需要和后一代社会所需要而教育他们的，也当受一种道德的制裁。——教他们自己制裁，自觉的不生育，或节制生育。现在有许多富家和小资产阶级的孩子，或因父母溺爱，或因父母事务忙碌，不能有充分的受良好教育的机会，致不能养成适应将来的健全的人格；有些还要受些祖传老店"子曰铺"里的印板教育，那就格外不会有新鲜活泼的进取精神了！在子女多的家庭里，父母照料更不能周全，便更易有这些倾向！这种生育的流弊，虽没有前面两种的厉害，但足以为"进步"的重大的阻力，则是同的！并且这种流弊很通行，——试看你的朋友，你的亲戚，你的家族里的孩子，乃至你自己的孩子之中，有那个真能"自遂其生"的！你将也为他们的——也可说我们的——运命担忧着吧。——所以更值得注意。

现在生活程度渐渐高了，在小资产阶级里，教养一个子女的费用，足以使家庭的安乐缩小，子女的数和安乐的量恰成反比例这件事，是很显然了。那些贫穷的人也觉得子女是一种重大的压迫了。其实这些情形从前也都存在，只没有现在这样叫人感着吧了。在小资产阶级里,新兴的知识阶级最能锐敏的感到这种痛苦。可是大家虽然感着,却又觉得生育的事是"自然"所支配,非人力所能及,便只有让命运去决定了。直到近两年,生物学的知识,尤其是优生学的知识,渐渐普及于一般知识阶级,于是他们知道不健全的生育是人力可以限制的了。去年山顺夫人来华,传播节育的理论与方法,影响特别的大;从此便知道不独不健全的生育可以限制,便是健全的生育,只要当事人不愿意,也可自由限制的了。于是对于子女的事,比较出生后,更其注重出生前了;于是父母在子女的出生前,也有显明的责任了。父母对于生育的事,既有自由权利,则生出不健全的子女,或生出子女而不能教养,便都是他们的过失。他们应该受良心的责备,受社会的非难!而且看"做父母"为重大的社会服务,从社会的立场估计时,父母在子女出生前的责任,似乎比子女出生后的责任反要大哩!以上这些见解,目下虽还不能成为风气,但确已有了肥嫩的萌芽至少在知识阶级里。我希望知识阶级的努力,一面实行示范，一面尽量将这些理论和方法宣传，到最僻远的地方里，到最下层的社会里；等到父母们不但"知道"自己背上"有"这些责任，并且"愿意"自己背上"负"这些责任，那时基于优生学和节育论的新道德便成立了。这是我们子孙的福音！

在最近的将来里，我希望社会对于生育的事有两种自觉的制裁：一，道德的制裁；二，法律的制裁。身心有缺陷者，如前举花柳病者等，该用法律去禁止他们生育的权利，便是法律的制裁。这在美国已有八州实行了。但施行这种制裁，必须具备几个条件，才能有效。一要医术发达，并且能得社会的信赖；二要户籍登记的详确（如遗传性等，都该载入）；三要举行公众卫生的检查；四要有公正有力的政府；五要社会的宽容。这五种在现在的中国，一时都还不能做到，所以法律的制裁便暂难实现；我们只好从各方面努力罢了。但禁止"做父母"的事，虽然还不可能，劝止"做父母"的事，却是随时随地可以作的。教人知道父母的责任，教人知道现在的做父母应该是自由选择的结果，——就是人们于生育的事，可以自由去取——教人知道不负责及不能负责的父母是怎样不合理，怎样损害社会，怎样可耻！这都是爱作就可以作的。这样给人一种新道德的标准去自己制裁，便是社会的道德的制裁的出发点了。

所以道德的制裁，在现在便可直接去着手建设的。并且在这方面努力的效果，也容易见些。况不适当的生育当中，除那不健全的生育一项，将来可以用法律制裁外，其余几种似也非法律之力所能及，便非全靠道德去制裁不可。因为，道德的制裁的事，不但容易着手，见效，而且是更为重要；我们的努力自然便该特别注重这一方向了！

不健全的生育，在将来虽可用法律制裁，但法律之力，有时而穷，仍非靠道德辅助不可；况法律的施行，有赖于社会的宽容，而社会宽容的基础，仍必筑于道德之上。所以不健全的生育，也需着道德的制裁；在现在法律的制裁未实现的时候，尤其是这样！花柳病者，酒精中毒者……我们希望他们自己觉得身体的缺陷，自己忏悔自己的罪孽；便借着忏悔的力量，决定不将罪孽传及子孙，以加重自己的过恶！这便自己剥夺或停止了自己做父母的权利。但这种自觉是很难的。所以我们更希望他们的家族，亲友，时时提醒他们，监视他们，使他们警觉！关于疯人、白痴，则简直全无自觉可言；那是只有靠着他们保护人，家族，亲友的处置了。在这种情形里，我们希望这些保护人等能明白生育之社会的责任及他们对于后一代应有的责任，而知所戒惧，断然剥夺或停止那有缺陷的被保护者的做父母的权利！这几类人最好是不结婚或和异性隔离；至少也当用节育的方法使他们不育！至于说到那些穷到连"养育"子女也不能的，我们教他们不滥育，是很容易得他们的同情的。只需教给他们最简便省钱的节育的方法，并常常向他们恳切的说明和劝导，他们便会渐渐的相信，奉行的。但在这种情形里，教他们相信我们的方法这过程，要比较难些；因为这与他们信自然与命运的思想冲突，又与传统的多子孙的思想冲突——他们将觉得这是一种罪恶，如旧日的打胎一样；并将疑惑这或者是洋人的诡计，要从他们的身体里取出什么的！但是传统的思想，在他们究竟还不是固执的，魔术的怀疑因了宣传方法的巧妙和时日的长久，也可望减缩的；而经济的压迫究竟是眼前不可避免的实际的压迫，他们难以抵抗的！所以只要宣传的得法，他们是容易渐渐的相信，奉行的。只有那些富家——官僚或商人——和有些小资产阶级，这道德的制裁的思想是极难侵入的！他们有相当的经济的能力，有固执的传统的思想，他们是不会也不愿知道生育是该受限制的；他们不知道什么是不适当的生育！他们只在自然的生育子女，以传统的态度与方法待遇他们，结果是将他们装在自己的型里，作自己的牺牲！这样尽量摧残了儿童的个性与精神生命的发展，却反以为尽了父母的责任！这种误解责任较不明责任实在还要坏；因为不明的还容易纳入忠告，而误解的则往往自以为是，拘执不肯更变。这种人实在也不配做父母！因为他们并不能负真正的责任。我们对于这些人，虽觉得很不容易使他们相信我们，但总得尽我们的力量使他们能知道些生物进化和社会进化的道理，使他们能以儿童为本位，能"理解他们，指导他们，解放他们"；这样改良从前一切不适当的教养方法。并且要使他们能有这样决心：在他们觉得不能负这种适当的教养的责任，或者不愿负这种责任时，更应该断然采取节育的办法，不再因循，致误人误己。这种宣传的事业，自然当由新兴的知识阶级担负；新兴的知识阶级虽可说也属于小资产阶级里，但关于生育这件事，他们特别感到重大的压迫，因有了彻底的了解，觉醒的态度，便与同阶级的其余部分不同了。

但是还有一个问题留着：现存的由各种不适当的生育而来的子女们，他们的父母将怎样为他们负责呢？我以为花柳病者等一类人的子女，只好任凭自然先生去下辣手，只不许谬种再得流传便了。贫家子女父母无力教养的，由社会设法尽量收容他们，如多设贫儿院等。但社会收容之力究竟有限的，大部分只怕还是要任凭自然先生去处置的！这是很悲惨的事，但经济组织一时既还不能改变，又有什么法儿呢？我们只好"尽其在人"罢了。至于那些以长者为本位而教养儿童的,我们希望他们能够改良,前节已说过了。还有新兴的知识阶级里现在有一种不愿生育子女们的倾向;他们对于从前不留意而生育的子女,常觉得冷淡,甚至厌恶,因而不愿为他们尽力。在这里,我要明白指出,生物进化,生命发展的最重要的原则,是前一代牺牲于后一代,牺牲是进步的一个阶梯!愿他们——其实我也在内——为了后代的发展,而牺牲相当的精力于子女的教养;愿他们以极大的忍耐,为子女们将来的生命构筑坚实的基础,愿他们牢记自己的幸福,同时也不要忘了子女们的幸福!这是很要些涵养工夫的。总之,父母的责任在使子女们得着好的生活,并且比自己的生活好的生活;一面也使社会上得着些健全的、优良的、适于生存的分子;是不能随意的。

为使社会上适于生存的日多,不适于生存的日少,我们便重估了父母的责任:

父母不是无责任的。

父母的责任不应以长者为本位,以家

族为本位；应以幼者为本位，社会为本位。

我们希望社会上父母都负责任；没有不负责任的父母！

"做父母是人的最高尚、最神圣的义务和权利，又是最重大的服务社会的机会"，这是生物学、社会学所指给的新道德。

既然父母的责任由不明了到明了是可能的，则由不正确到正确也未必是不可能的；新道德的成立，总在我们的努力，比较父母对子女的责任尤其重大的，这是我们对一切幼者的责任！努力努力！

（本文原载 1923 年《现代妇女》第 17 期）

近事杂感

夏丏尊

严师固然可以出高徒,
自由教育也未尝不可收教育上的效果。
循循善诱,
详尽指导,
固然不失为好教育,
像宗教家师弟间的一字不说,
专用棒喝去促他的自悟,
也何尝不对。

无论如何种类的教育方法，说它有益固然可以，说它有害也可以。严师固然可以出高徒，自由教育也未尝不可收教育上的效果。循循善诱，详尽指导，固然不失为好教育，像宗教家师弟间的一字不说，专用棒喝去促他的自悟，也何尝不对。只要肠胃健全的，什么食物都可使之变为血肉，变为养料，而在垂死的病人，却连参苓都没有用处，他是他，参苓是参苓。人可以牵牛到水边去，但除了牛肚渴要饮水的时候，人无法使牛饮水，强灌下去，牛虽不反抗，实际上在牛也决不受实益。所以替牛掘井造河，预备饮料，无论怎样地周到，在不觉得渴的牛是不会觉到感谢的。

"不愤不启，不悱不发"，足见即使我们个个都是孔老先生，对于无自觉的学生也是无法的了！

冷暖自知！现在学校教育的空虚，只要有良心的教育者和有良心的学生都应该深深地痛感到。从前学校未兴时，教育虽未普及，师生的关系全是自由。佩服某先生的往往不惮千里，负笈往从。只此一"从"字的精神，已尽足实现教育全体的效果，学生虽未到师门，已有了精进向上之心，教育当然容易收效。学校既兴，师生的关系近于运命的而非自由的。我们为师的人呢，更都是从所谓"教匠制造厂"的师范学校出来，各有一定的型式。在种种的事情上，要使学生做到那"从"字样的心悦诚服的精神是不容易的事情。于是学校教育就空虚了！

不但此也，现在的学校教育在一般家属及学生眼中看来，只是一个过渡的机关，除了商品化的知识及以金钱买得的在校生活的舒服以外，是他们所不甚计较的，学生入校时原并不会带了敦品周行的志向来。特别是中学校的学生，他们本来大半是少爷公子，家庭于他们未入校以前，又大半早已用了父兄地位金钱的力，使他们养成了恶癖。每年只出若干学费要叫学校把他们教好，学校又把这责任归诸教员，于是教员苦了。

"教员"与"教师"，这二名辞在我感觉上很有不同。我以为如果教育者只是教员而不是教师，一切问题是无法解决的。教育毕竟是英雄的事业，是大丈夫的事业，够得上"师"的称呼的人才许着手，仆役工匠等同样地位的什么"员"，是难担负这大任的。我们在学生及社会的眼中被认作"员"，可怜！我们如果在自己心里也不能自认为"师"，只以"员"自甘，那不更可怜吗？我们作教员的，应该自己进取修养，使够得上"师"字的称呼。社会及学生虽仍以"员"待遇我们，但我们总要使他们眼里不单有"员"的印象。这是一件非常辛苦艰难的事，也是一件伟大庄严的事！

学问要学生自求，人要学生自做。我们以前种种替学生谋便利的方案，都可以说是强牛饮水的愚举。最要紧的就是促醒学生自觉。学生一日不自觉，什么都是空的。除了我们自己做了"师"的时候，难能使学生自觉。其实，学生只要自觉了以后，什么都可为

"师",也不必再赖我们。"竹解虚心是我师",在真渴仰"虚心"的人,竹就可以为师。"三人行,必有我师焉,择其善者而从之,其不善者而改之。"随时随地皆师,觉后的境界何等广阔啊!

（本文原载 1924 年 5 月 1 日《春晖》第 28 期）

我要不愧做你们的模范

梁启超

你看你爹爹困苦日子也过过多少,
舒服日子也经过多少,
老是那样子,
到底志气消磨了没有?

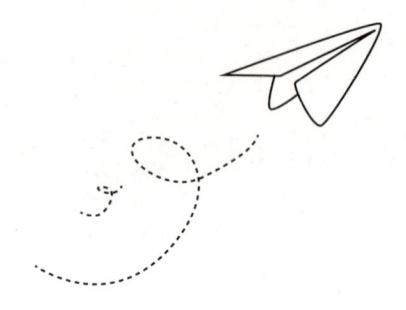

三个礼拜前，接忠忠信，商量回国，在我万千心事中又增加一重心事。我有好多天把这问题在我脑里盘旋。因为你要求我保密，我尊重你的意思，在你二叔、你娘娘跟前也未提起，我回你的信也不由你姊姊那里转。但是关于你终身一件大事情，本来应该和你姊姊、哥哥们商量，因为你姊姊哥哥不同别家，他们都是有程度的人。现在得姊姊信，知道你有一部分秘密已经向姊姊吐露了，所以我就在这公信内把我替你打算的和盘说出，顺便等姊姊哥哥们都替你筹划一下。

你想自己改造环境；吃苦冒险，这种精神是很值得夸奖的，我看见你这信非常喜欢。你们谅来都知道，爹爹虽然是挚爱你们，却从不肯姑息溺爱，常常盼望你们在苦困危险中把人格能磨练出来。你看这回西域冒险旅行，我想你三哥加入，不知多少起劲，就这一件事也很可以证明你爹爹爱你们是如何的爱法了，所以我最初接你的信，倒有六七分赞成的意思，所费商量者，就只在投奔什么人——详情已见前信，想早已收到，但现在我主张已全变，绝对地反对你回来了。因为三个礼拜前情形不同，对他们还有相当的希望，觉得你到那边阅历一年总是好的，现在呢？假使你现在国内，也许我还相当地主张你去，但觉得老远跑回来一趟，太犯不着了。头一件，现在所谓北伐，已完全停顿，参加他们军队，不外是参加他们火拼，所为何来？第二件，自从党军发展之后，素质一天坏一天，现在迥非前比，白崇禧军队算是极好的，到上海后纪律已大坏，人人都说远不如孙传芳军哩；跑进去不会有什么好东西学得来。第三件，他们正火拼得起劲——李济深在粤，一天内杀左派二千人，两湖那边杀右派也是一样的起劲——人人都有自危之心，你们跑进去立刻便卷挨在这种危险漩涡中。危险固然不必避，但须有目的才犯得着冒险。现这样不分皂白切葱一般杀人，死了真报不出账来。冒险总不是这种冒法。这是我近来对于你的行为变更主张的理由，也许你自己亦已经变更了。我知道你当初的计画，是几经考虑才定的，并不是一时的冲动。但因为你在远，不知事实，当时几视党人为神圣，想参加进去，最少也认为是自己历练事情的惟一机会。这也难怪。北京的智识阶级，从教授到学生，纷纷南下者，几个月以前不知若干百千人，但他们大多数都极狼狈，极失望而归了。你若现在在中国，倒不妨去试一试（他们也一定有人欢迎你），长点眼识，但老远跑回来，在极懊丧、极狼狈中白费一年光阴却太不值了。

　　至于你那种改造环境的计画，我始终是极端赞成的，早晚总要实行三几年，但不争在这一时。你说："照这样舒服几年下去，便会把人格送掉。"这是没出息的话！一个人若是在舒服的环境中会消磨志气，那么在困苦懊丧的环境中也一定会消磨志气，你看你爹爹困苦日子也过过多少，舒服日子也经过多少，老是那样子，到底志气消磨了没有？——也许你们有时会感觉爹爹是怠惰了（我自己常常有这种警惧），不过你再转眼一看，一定会仍旧看清楚不是这样——我自己常常感觉我要拿自己做青年的人格模范，最少也要不愧做你们姊妹弟兄的模范。我又很相信我的孩子们，个个都会受我这种遗传和教训，不会因为环境的困苦或舒服而堕落的。你若有这种自信力，便"随遇而安"地做现在所该做的工作，将来绝不怕没有地方没有机会去磨练，你放心罢。你明年能进西点①便进去，不能也没有什么可懊恼，进南部的"打人学校"也可，到日本也可，回来入黄埔也可（假使那时还有黄埔），我总尽力替你设法。就是明年不行，把政治经济学学得可以自信回来，再入那个军队当排长，乃至当兵，我都赞成。但现在殊不必牺牲光阴，太勉强去干。你试和姊姊、哥哥们切实商量，只怕也和我同一见解。

（本文系梁启超 1927 年 5 月写给三子梁思忠的家信）

---

① 西点：指美国西点军校。——编者注

儿童画

丰子恺

其画往往情景新奇,
大胆活泼,
为大人们所见不到,
描不出。

孩子们的袋里常常私藏着炭条，黄泥块，粉笔头，这是他们的画具。当大人们不注意的时候，他们便偷偷地取出这些画具来，在雪白的墙壁上，或光洁的窗门上，发表他们的作品。大人们看见了，大发雷霆，说这是龌龊的，不公德的，不雅观的；于整洁和道德上，美感上都有害，非严禁不可。便一面设法销毁这些作品，一面喃喃咒骂它们的作者，又没收他们的画具。然而这种禁诫往往是无效的。过了几日，孩子们的袋里又有了那种画具，墙壁窗门上又有那种作品发表了。

大人们的话说得不错，任意涂抹窗门墙壁，诚然是有害于整洁，道德及美感的。但当动手销毁的时候，倘得仔细将这些作品审视一下，而稍加考虑与设法，这种家庭的罪犯一定可以不禁自止，且可由此获得教导的良机。因为你倘仔细审视这种涂抹，便可知道这是儿童的绘画本能的发现，笔笔皆从小小的美术心中流出，幅幅皆是小小的感兴所寄托，使你不忍动手毁损，却要考虑培植这美术心与涵养这感兴的方法了。

实际除了出于恶意的破坏心的乱涂之外，孩子们的壁画往往比学校里的美术科的图画成绩更富于艺术的价值。因为这是出于自动的，不勉强，不做作，始终伴着热烈的兴趣而描出。故其画往往情景新奇，大胆活泼，为大人们所见不到，描不出。不过这种画，不幸而触犯家庭的禁条，难得保存。稍上等的人家，琼楼玉宇一般的房栊内，壁上不许着一点污秽，这种画便绝不可见。贫家的屋子内稍稍可以见到。废寺，古庙，路亭的四壁，才是村童的美术的用武之地了。曾忆旅行中，入寺庙或路亭中坐憩片时，乘闲观赏壁上龙蛇，探寻其意趣，辨识其笔画，实有无穷的兴味。我常常想，若能专心探访研究这种绘画，一定可以真切地知道一地的儿童生活的实况，真切地理解儿童的心情。据我所见，最近乡村废寺的败壁上，已有飞机的出现了。其形好似一种巨大的怪鸟，互相争斗着。最初我尚不识其为飞机。数见之后，稍稍认识。后来听了一个村婆的话："洋鬼子在那里煎出小孩子的油来造飞机，所以他有眼睛，会飞。"方始恍然，儿童把飞机画成这般的姿态，不是无因的。听了这话，看了这种画，而回忆近来常在天际飞鸣盘旋的那种东西的印象，正如那壁上的大鸟一般的怪物。校正那村婆的愚见，而用艺术的方法把飞机"活物化"为怪鸟，而设想其在天空中争斗的光景，这是何等有兴趣的儿童画题材！这样的画，在上海许多儿童画报上尚未见过，而在穷乡僻处的废寺败壁上先已发表着了。

这点画心，倘得大人们的适当的指导与培养，使他们不必私藏炭条，黄泥块与粉笔头，不必偷偷地在墙壁窗门上涂抹，而有特备的画具与公然的画权，其发展一定更有可观。同时艺术教育的前途定将有显著的进步。

（本文原载1934年4月1日《小学教师》第1卷第14期）

家书一封

老 舍

◇◇◇◇◇◇◇◇◇◇◇◇◇◇◇◇◇◇

儿童的身心发育甚慢,
不可助长也。

××①：

接到信，甚慰！济与乙都去上学，好极！唯儿女聪明不齐，不可勉强，致有损身心。我想，他们能粗识几个字，会点加减的算法，知道一点历史，便已够了。只要身体强壮，将来能学一份手艺，即可谋生，不必非入大学不可。假若看到我的女儿会跳舞演剧，有作明星的希望，我的男孩能体健如牛，吃得苦，受得累，我必非常欢喜！我愿自己的儿女能以血汗挣饭吃，一个诚实的车夫或工人一定强于一个贪官污吏，你说是不是？教他们多游戏，不要紧逼他们读书习字；书呆

---

① ××：此信是老舍写给他的夫人胡絜青。当时她与三个子女均困留在已沦陷的北平老家。——编者注

子无机会腾达，则成为废物，有机会作官，则必贪污误国，甚为可怕！

至于小雨，更宜多多玩耍，不可教她识字；她才刚刚四岁呀！每见摩登夫妇，教三四岁小孩识字号，客来则表演一番，是以儿童为玩物，而忘了儿童的身心发育甚慢，不可助长也。

我近来身体稍强，食眠都好，唯仍未敢放胆写作，怕再患头晕也。给我看病的是一位熟大夫，医道高，负责任，他不收我的诊费，而且照原价卖给我药品，真可感激！前几天，他给我检查身体，说：已无大病，只是亏弱，需再打一两打补血针。现已开始。病中，才知道身体的重要。没有它，即使是圣人也一筹莫展！

春来了，我的阴暗的卧室已有阳光，桌上还有一枝桃花插在曲酒瓶中。

祝你健康！代我吻吻儿女们！

舍上，三，十

（本文原载1942年4月5日《文坛》第2期）

钱的教育

梁实秋

正当的用钱的方法,
是可以从小就加以训练的。

《乌托邦》的作者告诉我们说,在理想的国里,小孩子拿金钱当做玩具,孩子们可以由性的大把的抓钱,顺手丢来丢去的玩。其用意在使孩子把金钱看成司空见惯的东西,久之便会觉得金钱这东西稀松平常,长大了之后自然也就不会过分的重视金钱,贪吝的毛病也就可以不至于犯了。这理想恐怕终归是个理想吧?小孩子没有不喜欢耍枪弄棒的,长大之后更容易培养出尚武的精神。小孩子没有不喜欢飞机模型的,长大之后很可能对航空发生很大的兴趣。大概小时候玩惯了的东西,长大之后会格外喜欢。所以幼习俎豆,长大便成圣贤,这种故事不能不说有几分道理。

小时候在钱堆里打滚，大了便不爱钱，这道理我却不敢深信。

事实上一般小孩子们所受的关于钱的教育，都是培养他对于钱的爱好。我们小时候，玩的不是钱，而常常是装钱的扑满①。门口过来了一个小贩，吆喝着："小盆儿啊小罐儿啊！"往往不经我们的请求，大人就给买一个瓦制的小扑满。大人告诉我们把钱一个个的放进那个小孔里面，积着，积着，积满了之后扑的一声摔碎，便可以有一笔大钱。那一笔钱做什么用？从来没有人告诉我们。以我个人而论，我拿到一个扑满之后，却是被这个古怪的玩艺所诱惑了，觉得怪有趣的，恨不得能立刻把它填满，我憧憬着将来有一天摔碎它时的那种快乐。我手里难得有钱，钱是在父亲屋里的大木柜里锁着的。我手里的钱只有三种来源：一是过年时的压岁钱，或是客人来时给的红纸包的钱；一是自己生辰家里长辈给的钱；一是从每日点心费里积攒下来的节余。有一点敷裕的钱，便急忙投进扑满，当的一声，怪好玩的。起初我对于这小小的储蓄银行

---

① 扑满：为我国古代人民储钱的一种盛具，类似于现代人使用的储蓄罐。——编者注

很感兴趣,不时的取出来摇摇,从那个小孔往里面窥看。但是不久我就恍然,我是被骗了。因为我在想买冰糖葫芦或是糯米藕的时候,才明白那扑满里的钱是无法取出来用的,那窟窿太小,倒是倒不出来,用刀子拨也拨不出来,要摔又不敢。我开始明白这不是一个玩具,这是一个强迫储蓄的一种陷阱。金钱这东西为什么是那样的宝贵,必须如此周密的储藏起来呢?扑满并没有给我养成储蓄的美德,它反倒帮助我对于钱发生一种神秘的感觉。

有人主张绝对不给孩子们任何零钱,一切糖果、玩具都已准备齐全,当然无须令孩子们去学习挥霍的本领。铜臭是越晚沾染人的双手越好。可是这种办法也有时效的限制,一离开家之后任何孩子都会立刻感觉到钱的重要。我小的时候,每天上学口袋里放两个铜板,到学校可以买两套烧饼油条做早点吃。我本来也没有别的其他欲望,但是过了两天,学校门口来了一个卖糯米藕的小贩,围了一圈的小食客,我挤进去一看,那小贩正在一片一片的切着一橛赭中带紫的东西,像是藕,可是孔里又塞着东西,切好之后浇一小勺红糖汁和一小勺桂花，令人馋涎欲滴！我咽了一口唾沫之后，退出来了。第二天仗着胆子去买一碟尝尝，却料不到起码要四个铜板才肯卖。我忍了两天没吃早点换到了一碟这个无名的美味。这是我有生以来第一次感觉到钱的用处，第一次感觉到没有钱的苦处。我相当的了解了钱的神秘。

钱的用处比较的容易明白，钱从什么地方来，便比较难以了解。父母的柜子里、皮包里不断的有钱的补充。但是从哪里来的呢？有人主张用实验的方法教导孩子：不工作便没有钱。于是他们鼓励孩子们服务，按服务的多寡优劣而付给报酬。芟除庭草，一角钱；水浇花，一角钱；看家费，一角钱；投邮费，一角钱……这种办法有好处，可以让孩子知道钱不是白给的，是劳动换来的。但是也有流弊，"没有钱便不工作"。我看见过很多人家的孩子，不给钱便不肯写每天一页的大字，不给钱便死抱着桌腿不肯上学，不给钱便撒泼打滚，不给你一刻安静的工夫去睡午觉。这样，钱的报酬的功用已经变成为贿赂的功用了！"没有钱便不工作"，这原则并不错，不过在家庭里应用起来，便抹煞了人与人之间的情分,似乎是太早的戕贼了人的性灵了。

如果把钱的教育写成一本大书,我想也不过是上下二卷,上卷是钱怎样来,下卷是钱怎样去。

钱怎样来,只能由上一辈的人做一个榜样给下一辈的人看。示范的作用很大,孩子们无须很早的就实习。如果一个人的人生观和宇宙观都是从钱的方孔里塞出去的,我相信他的孩子们一定会有一套拜金主义的心理。如果一个人用各种欺骗舞弊的方法把钱弄到家里而并不脸红,而且洋洋得意的自诩为能,甚而给孩子们也分润一点油水,我想这也就是很有效的一种教育,孩子长大必定也会有从政经商的全副的本领。所谓家学渊源,在这一方面也应用得上。讲到钱的去处,孩子们的意见永远不会和上一辈的相同,年青人总觉得父母把钱系在肋骨上,每个大钱拿下来都是血淋淋的。钱永远没有足够的时候。正当的用钱的方法,是可以从小就加以训练的。有人主张,一个家庭的经济应该对孩子们公开,月底召开一次家庭会议,懂事的孩子们全都到席,家长报告账目和预算,让大家公开讨论。在这民主的形式之下,孩子们会养成一种自尊。大姐姐本来吵着买大衣,结果会自动放弃,移做弟弟妹妹买皮鞋用;大哥哥本来争着要买自行车,结果也会自动放弃,移做冬天买煤之用。这是良好习惯的养成。钱用在比较最需要的地方去。钱不但满足自己的物质的需要,钱还要顾及自己的内心的平安。这样的用钱的方法,值得一试。孩子们不一定永远是接受命令,他也可以理解。

(本文原载1947年11月9日天津《益世报·星期小品》第17期)

孩子是怎么长大的

王开林

但愿在她成长的过程中,
时时能够感受到父母的耐心和爱心,
这样就好。

几位朋友在茶馆聊天，不知怎么就聊到王铮亮演唱的那首《时间都去哪儿了》，个个感慨唏嘘。儿女长大了，父母变老了，这种现象原本符合自然规律，但大家仍不免流露出几许伤感的情绪。"时间都去哪儿了？还没好好感受年轻就老了，生儿养女一辈子，满脑子都是孩子哭了笑了。"歌词煽情，旋律悦耳，我估计，无论在什么场合，王铮亮演唱它，都能使听众热泪盈眶。原因很简单，这首歌一石二鸟，既精准地命中了亲情的靶心，又巧妙地拆穿了时间的把戏。

我们是怎么变老的？一言难尽。孩子是怎么长大的？众说纷纭。在座的茶友，对于"孩子是怎么长大的"

这个问题，单是偏向于家庭教育，就给出了各不相同的答案。

有人说，孩子是骂大的。孩子任性，不好对付；惰性，不易克服；还有一些难以根除的坏习惯。父母劝导孩子，和颜悦色，不管用，孩子嫌你碎碎念，左耳进右耳出。你就得逮准时机骂孩子，大骂痛骂，声色俱厉，这样才能叫孩子长记性。有时，刺激和伤害是必要的，来早好过来迟，来自家庭好过来自社会。千万别把孩子育在温室，捧在手心，得让孩子时不时地尝尝当头棒喝的滋味。

有人说，孩子是打大的。打是爱，骂是疼，光讲道理不行，光骂也不行，还得让孩子尝到更多更大的苦头。教育孩子可不是瓷器店的活儿，而是铁匠铺的活儿，千万不要担心磕碰，该捶打还得捶打。做父母的缺乏起码的威信，孩子学坏就是分分钟的事情。父母教孩子，就怕下不了狠手。要知道，陀螺不打不转身，孩子不打不成器。

有人说，孩子是哄大的。骂也好，打也罢，都不容易掌握好尺度，现在的孩子敏感脆弱，脾气臭，自尊心强，你若使狠行蛮，他会抵触，甚至叛逆。做父母的，顶好的功夫是会哄孩子，会夸孩子。倘若用一颗巧克力糖能够解决难题，就绝对不要使用拳头和耳光。倘若用一声夸奖能够消除隔阂，就绝对不要采取抱怨和斥责。父母哄孩子，孩子如沐春风，只要他开心了，就不会当面拆台背后捣鬼。

有人说，聪明的孩子容易长大，但要放养才能长好。每个人的童年都是孤本，应该让孩子尽可能享受自由和快乐，多一些游戏，多一些体育，多一些旅行，多一些见识，多一些思考，孩子有主见，有野性，有理解力、想象力、判断力和创造力，父母就没必要担心太多，就算他不喜欢学习呆板的功课，也会具备一门爱好或多种兴趣，他的人生照样能过得有滋有味，父母无须为他穷操心和瞎操心。

他们的话都能自圆其说。但没有一种办法可以放之四海而皆准，教育并非万能，因为个体差异明显，任何模式都有缺陷。孔子强调因材施教，门下三千弟子，也只出品了七十二贤人，成才率还不到百分之十。教师受限于自身的水平和精力，不可能把因材施教落到实处。父母对孩子的认识存在误区和盲区，也不容易辨别出自家孩子究竟是什么材质。孩子的成长，具有很大的被动性和随意性，他会遇到什么伙伴？受到外界哪些影响？迷恋什么？厌恶什么？父母究竟了解多少？能够干涉多深？一个沉迷于电游的孩子难以脱瘾，就能颠覆父母的全部耐心和道行。你骂他，他充耳不闻。你打他，他跟你急。你哄他，对牛弹琴。你放养他，他立刻堕落沉沦。社会的力量和网络的诱惑不容低估，父母用爱感化不了一个吸毒儿，用爱也动摇不了一个电游儿。按理说，爱的力量大于一切，但爱有时会遇到冷冰冰的绝缘体，这是无可奈何的事情。

某天晚上，我跟女儿聊天，我问她："你希望爸爸妈妈怎样对待你？"她想了想，回答道："我的要求不高，就希望你们宽容一些，准许我犯错，鼓励我冒险，陪伴我游戏，多讲道理，少发脾气，就行了。"她的要求到底高不高？还真难说。我们够不够宽容？也很难说。但愿在她成长的过程中，时时能够感受到父母的耐心和爱心，这样就好。

（本文原载2014年4月24日《渤海早报》）

谁把孩子带进了"精神猪圈"

张丽钧

◇◇◇◇◇◇◇◇◇

教养，
就是懂得"害羞"。
想让孩子懂得害羞，
大人得先知耻……

我同学美淑告诉我,一日,她去超市购物,看到超市角落里一个老太太带着一个两三岁的女孩站在"花生角"笸箩前。那花生角,还带着些许新鲜的泥土。只见老太太迅速剥开一个内有两粒花生仁的花生角,一粒送入孙女口中,一粒送入自己口中,然后坦然地将花生壳重新扔回笸箩。同样镜头,一再重复。美淑说,看打扮,老太太根本不像穷人,并且她已经挑了小半车货物;但是,这举动,却分明是一个买不起花生的穷苦人的举动啊!她突然心疼起那个小女孩来——这样的"身教",不把孩子带进"精神猪圈"才怪!

另一个故事是从网上看来的，跟上面那个故事真真有异曲同工之妙——有个七岁的小男孩，家境很好，每次跟奶奶去超市，他都不买"零嘴"吃，只是趁人不备，娴熟地拉开雪柜的门，飞快地拿出待售的雪糕，舔几口，再放回。

我们都认为，孩子是母亲子宫的分娩物；但是，我们忽略了，孩子其实还是"家庭子宫"和"社会子宫"的分娩物。社会学家认为：人是出生两次的动物，第一次出生取决于生物遗传，第二次出生取决于社会遗传；第一次出生使其具备了外在的长相，第二次出生使其具备了精神的长相。而一个人"精神长相"的美丑，往往与家庭环境、社会环境的好坏呈正相关。身为家长，身为成人，我们时时刻刻都在为孩子做着榜样，在我们浑然不觉之间，孩子已经将我们身上的某一个特点不可思议地"移植"到了他（她）自己身上，并且有过之而无不及。如果将"移植优点"和"移植缺点"比对一下，我们就会惊讶地发现，后者更令孩子驾轻就熟。在这一点上，我们聪慧的古人又说对了——从善如登，从恶如崩。

再举一个小孩子的例子。有一回，我老公的单位为孩子们过"六一"，大家都带着自家的孩子来了。有个小女孩，美如仙子，格外打眼，大家都逗她说话，她理谁不理谁，全看心情阴晴。有个阿姨来逗仙子了，仙子极不友善。这时候，有人告诉仙子："这个阿姨可是你爸爸的领导哦！"仙子语出惊人："领导都是狗屁！"大家一听，全部傻掉……其实，所有人都明白，"领导都是狗屁"这句话，根本不是小女孩在说，而是小女孩的家人在说，小女孩不过是在一个不适宜的场合，将这句挂在家人嘴边的"家常话"曝了光。三四岁的孩子，哪里知晓"狗屁"究竟是什么，但是，她冲口就讲出了，并且，她讲话时面部所带的厌恶、愤恨、鄙夷的表情，都与这句话高度契合！一瞬间，大家就看到了这孩子后面站着一个怎样的大人，这个大人在用怎样的口气讲话。

还有一个例子，一想起来就让人无比纠结。那是"抢盐风潮"过去两年之后，我带妹妹的孩子去超市买东西，买盐的时候，她居然认真地跟我说："大姨，咱们多买几袋盐吧！要是日本再闹海啸，咱们就不用抢盐了。"我听后悚然一惊，想，"抢盐风潮"在这个孩子心中留下的可怕投影，恐怕今生都难抹掉了吧？那么，在她漫漫的一生当中，她将以怎样的行为来不断支付"抢盐风潮"强加给她的高额恐惧利息呢？社会的一个小咳嗽，就可能在孩子身上留下一生的回响。

在一个家族中，人们的容颜往往有一定的相似度，而经由同一个"家庭子宫"和"社会子宫"分娩出的孩子，也同样有较高的"精神相似度"。如果我们对自我丑陋的"精神长相"听之任之，不思改变，那么，若干年后，还会有一个小女孩，跟着恬不知耻的奶奶在超市剥花生吃，那奶奶不是别人，正是当年吃花生的小女孩；若干年后，还会有一个小男孩，跟着厚颜无耻的爷爷在超市的雪柜前舔雪糕，那爷爷不是别人，正是当年舔雪糕的小男孩……

听到过一句话：教养，就是懂得"害羞"。想让孩子懂得害羞，大人得先知耻——知道偷吃花生是耻，知道偷舔雪糕是耻，知道背后骂人是耻，知道自私自利是耻。知耻，才有可能引领自己跳出龌龊的"精神猪圈"，才有可能完成痛苦的"精神修容"，才有可能活成一个大写的人。

　　所有的孩子，几乎都可以粗分为两类，一类是让人觉得"舒服"的孩子，一类是让人觉得"不舒服"的孩子。而让人舒服的孩子后面站着让人舒服的大人，让人不舒服的孩子后面站着让人不舒服的大人。想必大家都看过泰戈尔写的那个关于"小男孩和小费"的故事——一个十岁的小男孩带着硬币去买冰淇淋，他向女侍者询价，被告知一种冰淇淋的价格为五十分，另一种冰淇淋的价格为三十五分。小男孩又仔细数了一遍他的硬币，决定要一盘三十五分的冰淇淋。吃完了冰淇淋，小男孩按价付费后离开了。待到女侍者收拾桌子时，万分惊讶地发现小男孩居然为她留了小费！——他的硬币刚好够他吃一盘五十分的冰淇淋，但是，为了向女侍者付小费，他毅然选择了三十五分的冰淇淋。在小男孩心中，付小费是断不可省略的程序。尽管小男孩是一个人来买冰淇淋的，但是，我们仿佛看见了他身后那个灵魂高贵的大人那含笑鼓励的眼神。

　　说到底，物质的小康与精神的小康其实是两码事。

有的人，就算攀上了物质的珠穆朗玛峰，精神照样在猪圈里逡巡；而有的人则恰恰相反。没有谁生来就懂得趁人不备偷舔雪糕，也没有谁生来就懂得克制口欲馈人小费。每个人都是教育的产物，每个人也都是环境的产物。

让我们永记这样一句话——先有大人"美丽"，后有孩子"动人"。

（本文选自《花香拦路：张丽钧自选集》，甘肃人民出版社2021年7月出版）

PART 3
教育的本意

教育的最大目的,
便是真、善、美这三要件
的平均具足的发展

美育实施的方法

蔡元培

成人的言语与动作,
都要有适当的音调态度,
可以作儿童的模范。
就是衣饰,
也要有一种优美的表示。

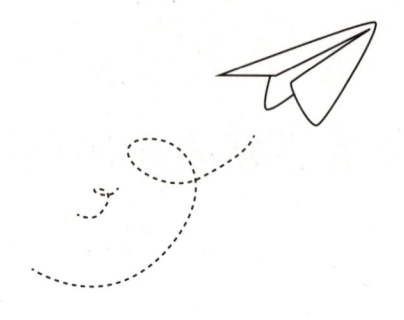

我国初办新式教育的时候，只提出体育、智育、德育三条件，称为三育。十年来，渐渐地提到美育，现在教育界已经公认了。李石岑先生要求我说说"美育实施的方法"，我把我个人的意见写在下面。

照现在教育状况，可分为三个范围：一、家庭教育；二、学校教育；三、社会教育。我们所说的美育，当然也有这三方面。

我们要作彻底的教育，就要着眼最早的一步。虽不能溢出范围，推到优生学，但至少也要从胎教起点。我从不信家庭有完美教育的可能性，照我的理想，要从公立的胎教院与育婴院着手。

公立胎教院是给孕妇住的，要设在风景佳胜的地方，不为都市中混浊的空气、纷扰的习惯所沾染。建筑的形式要匀称，要玲珑，用本地旧派，略参希腊或文艺中兴时代的气味。凡埃及的高压式，峨特的偏激派，都要避去。四面都是庭园，有广场，可以散步，可以作轻便的运动，可以赏月观星。园中杂莳花木，使四时均有雅丽之花叶，可以悦目。选毛羽秀丽、鸣声谐雅的动物，散布花木中间；须避去用索系猴、用笼装鸟的习惯。引水成泉，勿作激流。汇水成池，蓄美观活泼的鱼。室内糊壁的纸、铺地的毡，都要选恬静的颜色、疏秀的花纹。应用与陈列的器具，要轻便雅致，不取笨重或过于琐巧的。一室中要自成系统，不可混乱。陈列雕刻、图画，都取优美一派；应有健全体格的裸体像与裸体画。凡有粗犷、猥亵、悲惨、怪诞等品，即使描写个性，大有价值，这里都不好加入。过度激刺的色彩，也要避去。备阅览的文字，要乐观的，和平的；凡是描写社会黑暗方面、个人神经异常的，要避去。每日可有音乐，选取的标准，与图画一样，激刺太甚的，卑靡的，都不取。总之，各种要孕妇完全在平和活泼的空气里面，才没有不好的影响传到胎儿。这是胎儿的美育。

孕妇产儿以后，就迁到公共育婴院，第一年是母亲自己抚养的；第二、第三年，如母亲要去担任她的专业，就可把婴儿交给保姆。育婴院的建筑，与胎教院大略相同，或可联合一处。其中陈列的雕刻图画，可多选裸体的康健儿童，备种种动静的姿势；隔几日，可更换一套。音乐，选简单静细的。院内成人的言语与动作，都要有适当的音调态度，可以作儿童的模范。就是衣饰，也要有一种优美的表示。

在这些公立机关未成立以前，若能在家庭里面，按照上列的条件小心布置，也可承认为家庭美育。

儿童满了三岁，要进幼稚园了。幼稚园是家庭教育与学校教育的过渡机关，那时候儿童的美感，不但被动地领受，并且自动地表示了。舞蹈、唱歌、手工，都是美育的专课。就是教他计算、说话，也要从排列上、音调上迎合他们的美感，不可用枯燥的算法与语法。

儿童满了六岁，就进小学校，此后十一二年，都是普通教育时期，专属美育的课程，是音乐、图画、运动、文学等。到中学时代，他们自主力渐强，表现个性的冲动渐渐发展，选取的文字、美术，可以复杂一点。悲壮、滑稽的著作，都可应用了。

但是美育的范围，并不限于这几个科目，凡是学校所有的课程，都没有与美育无关的。例如数学，仿佛是枯燥不过的了；但是美术上的比例、节奏，全是数的关系，截金术是最显的一例。数学的游戏，可以引起滑稽的美感。几何的形式，是图案术所应用的。理化学似乎机械性了；但是声学与音乐，光学与色彩，密切得很。雄强的美，全是力的表示。美学中有"感情移入"论，把美术晶形式都用力来说明他。文学、音乐、图画，都有冷热的异感，可以从热学上引起联想。磁电的吸拒，就是人的爱憎。有许多美术工艺，是用电力制成的。化学实验，常见美丽的光焰；元子、电子的排列法，可以助图案的变化。图画所用的颜料，有许多是化学品。星月的光辉，在天文学上不过映照距离的关系，在文学、图画上便有绝大的魔力。矿物的结晶、闪光与显色，在科学上不过自然的结果，在装饰品便作重要的材料。植物的花叶，在科学上不过生殖与呼吸机关，或供分类的便利，动物的毛羽与声音，在科学上作为保护生命的作用，或雌雄淘汰的结果，在美术、文学上都为美观的材料。地理学上云霞风雪的变态、山岳河海的名胜、文学家美术家的遗迹，历史上文学美术的进化、文学家美术家的轶事，也都是美育的资料。

由普通教育转到专门教育，从此关乎美育的学科，都成为单纯的进行了。爱音乐的进音乐学校，爱建筑、雕刻、图画的进美术学校，爱演剧的进戏剧学校，爱文学的进大学文科，爱别种科学的人就进了别的专科了。但是每一个学校的建筑式、陈列品，都要合乎美育的条件。可以时时举行辩论会、音乐会、成绩展览会、各种纪念会等，都可以利用他来行普及的美育。

学生不是常在学校的，又有许多已离学校的人，不能不给他们一种美育的机会；所以又要有社会的美育。

社会美育，从专设的机关起：

（一）美术馆，搜罗各种美术品，分类陈列。于一类中，又可依时代为次。以原本为主，但别处所藏的图画，最著名的，也用名手的摹本。别处所藏的雕刻，也可用摹造品。须有精印的目录，插入最重要品的摄影。每日定时开馆。能不收入门券费最善，必不得已，每星期日或节日必须免费。

（二）美术展览会，须有一定的建筑，每年举行几次，如春季展览、秋季展览等。专征集现代美术家作品，或限于本国，或兼征他国的。所征不胜陈列，组织审查委员选定。陈列品可开明价值，在会中出售。余时亦可开特别展览会，或专陈一家作品，或专陈一派作品。也有借他国美术馆或私人所藏展览的。

（三）音乐会，可设一定的会场，定期演奏。在夏季也可在公园、广场中演奏。

（四）剧院，可将歌舞剧、科白剧分设两院，亦可于一院中更番演剧。剧本必须出文学家手笔，演员必须受过专门教育。剧院营业，如不敷开支，应用公款补助。

（五）影戏馆，演片须经审查，凡无聊的滑稽剧，凶险的侦探案，卑猥的恋爱剧都去掉。单演风景片与文学家作品。

（六）历史博物馆，所收藏大半是美术品，可以看出美术进化的痕迹。

（七）古物学陈列所，所收藏的大半是古代的美术品，可以考见美术的起源。

（八）人类学博物馆，所收藏的不全是美术品，或者有很丑恶的，但可以比较各民族的美术，或是性质不同，或是程度不同。无论如何幼稚的民族，总有几种惊人的美术品。又往往不相交通的民族，有同性质的作品。很可以促进美术的进步。

（九）博物学陈列所与植物园、动物园，这固然不专为美育而设，但矿物的标本与动植物的化石，或色彩绚烂，或结构精致，或形状奇伟，很可以引起美感。若种种活的动植物，值得赏鉴，更不待言了。

在这种特别设备以外，又要有一种普遍的设备，就是地方的美化。若只有特别的设备，平常接触耳目的，还是些卑丑的形状，美育就不完全；所以不可不谋地方的美化。

地方的美化：第一是道路。欧洲都市最广的道路，两旁为人行道，其次公车来往道，又间以种树，艺花，及游人列坐的地方二三列，这自然不能常有的。但每条道路，都要宽平。一地方内各条道路，要有一点匀称的分配。道路交叉的点，必须留一空场，置喷泉、花畦、雕刻品等。

第二是建筑。三间东倒西歪屋，固然起脆薄、贫乏的感想；三四层匣子重叠式的洋房，也可起板滞、粗俗的感想。若把这两者并合在一处，真异常难受了。欧美海滨或山坳的别墅团体，大半是一层楼，适敷小家庭居住，二层的已经很少，再高是没有的。四面都是花园，疏疏落落，分开看各有各的意匠，合起来看，合成一个系统。现在各国都有"花园城"的运动，他们的建筑也大概如此。我们的城市改革很难，组织新村的人，不可不注意呵！

第三是公园。公园有两种：一种是有围墙，有门，如北京中央公园，上海黄浦滩外国公园的样子。里面人工的设备多一点，进去有一点限制。还有一种，是并无严格的范围，以自然美为主，最要的是一大片林木，中开无数通路可以散步。有几大片草地可以运动。有一道河流，或汇成小湖，可以行小舟。建筑品不很多，游人可自由出入。在巴黎、柏林等，地价非常昂贵，但是这一类大公园，都有好几所永远留着。

第四是名胜的布置。瑞士有世界花园的称号，固然是风景很好，也是他们的保护点缀很适宜，交通很便利，所以能吸引游人。美国有好几所国家公园，地面很大，完全由国家保护，不能由私人随意占领，所以能保留他的优点，不受损坏。我们国内，名胜很多，但如黄山等，交通不便，颇难游赏。交通较便的如西湖等，又漫无限制，听无知的人造了许多拙劣的洋房；把自然美缀了许多污点，真是可惜。

第五是古迹的保存。新近的建筑，破坏了很不美观。若是破坏的古迹，转可以引起许多历史上的联想，于不完全中认出美的分子来。所以保存古迹，以不改动它为原则。但有些非加修理不可的，也要不显痕迹，且按着原状的派式。并且留得原状的摄影，记述修理情形同时日，备后人鉴别。

第六是公坟。我们中国人的做坟，可算是混乱极了。贫的是随地权厝，或随地做一个土堆子。富的是为了一个死人，占许多土地。石工墓木，也是千篇一律，一点没有美意。照理智方面观察，人既死了，应交医生解剖，若是于后来生理上病理上可备参考的，不妨保存起来。否则血肉可作肥料，骨骼可供雕刻品，也算得是废物利用了。但是人类行为，还有感情方面的吸力，生人对于死人，决不肯把他哀感所托的尸体，简单地处置了。若是照我们南方各省，满山是坟，不但太不经济，也是破坏自然美的一端。现在不如先仿西洋的办法，他们的公坟有两种：一是土葬的，如上海三马路，北京崇文门，都有西洋的公坟。他是画一块地，用墙围着，布置一点林木。要葬的可以指区购定。墓旁有花草，墓上的石碑有花纹，有铭词，各具意匠，也可窥见一时美术的风尚。还有一种是火葬，他们用很庄严的建筑，安置电力焚尸炉。既焚以后,把骨灰聚起来,装在古雅的瓶里,安置在精美石坊的方孔中。所占的地位,比土葬减少,坟园的布置,也很华美。这些办法都比我们的随地乱葬好,我们不妨先采用。

我说美育,一直从未生以前,说到既死以后,可以休了。中间有错误的、脱漏的,我再修补,尤希望读的人替我纠正。

(本文原载1922年6月《教育杂志》第14卷第6号)

能在困苦中求快活，才真是会打算盘

梁启超

一个人在物质上的享用，只要能维持着生命便够了。至于快乐与否，全不是物质上可以支配。

顺儿：

　　我看见你近日来的信，很欣慰。你们缩小生活程度，暂在坎壈一两年，是最好的。你和希哲都是寒士家风出身，总不要坏自己家门本色，才能给孩子们以磨练人格的机会。生当乱世，要吃得苦，才能站得住（其实何止乱世为然），一个人在物质上的享用，只要能维持着生命便够了。至于快乐与否，全不是物质上可以支配。能在困苦中求快活，才真是会打算盘哩。何况你们并不算穷苦呢！拿你们（两个人）比你们的父母，已经舒服多少倍了，以后困苦日子，也许要比现在加多少倍，拿现在当作一种学校，慢慢磨练自己，真是再好不过的事,你们该感谢上帝。

你好几封信提小六还债事,我都没有答复。我想你们这笔债权只好算拉倒罢。小六现在上海,是靠向朋友借一块两块钱过日子,他不肯回京,既回京也没有法好想,他因为家庭不好,兴致索然,我怕这个人就此完了。除了他家庭特别关系以外,也是因中国政治太坏,政客的末路应该如此(八百猪仔,大概都同一命运吧)。古人说:"择术不可不慎",真是不错。但亦由于自己修养功夫太浅,所以立不住脚,假使我虽处他这种环境,也断不至像他样子。他还没有学下流,到底还算可爱,只是万分可怜罢了。

我们家几个大孩子大概都可以放心,你和思永大概绝无问题了。思成呢?我就怕因为徽音的境遇不好,把他牵动,忧伤憔悴是容易消磨人志气的(最怕是慢慢地磨)。即如目前因学费艰难,也足以磨人,但这是一时的现象,还不要紧,怕将来为日方长。我所忧虑者还不在物质上,全在精神上。我到底不深知徽音胸襟如何,若胸襟窄狭的人,一定抵挡不住忧伤憔悴,影响到思成,便把我的思成毁了。

你看不至如此吧！关于这一点，你要常常帮助着思成注意预防。总要常常保持着元气淋漓的气象，才有前途事业之可言。

思忠呢，最为活泼，但太年轻，血气未定，以现在情形而论，大概不会学下流，我们家孩子断不至下流，大概总可放心。只怕进锐退速，受不起打击。他所择的术——政治军事——又最含危险性，在中国现在社会做这种职务很容易堕落。即如他这次想回国，虽是一种极有志气的举动，我也很夸奖他，但是发动得太孟浪了。这种过度的热度，遇着冷水浇过来，就会抵不住。从前许多青年的堕落，都是如此。我对于这种志气，不愿高压，所以只把事业上的利害慢慢和他解释，不知他听了如何？这种教育方法，很是困难，一面不可以打断他的勇气，一面又不可以听他走错了路，走错了本来没有什么要紧，聪明的人会回头另走，但修养功夫未够，也许便因挫折而堕落。所以我对于他还有好几年未得放心，你要就近常察看情形，帮着我指导他。

今日没有功课，心境清闲得很，随便和你谈谈家常，很是快活。要睡觉了，改天再谈罢。

爹爹 五月十三日

（本文系梁启超1927年5月写给长女梁思顺的家信）

做人要做最上等的人

胡　适

功课要考最优等，
品行要列最优等，
做人要做最上等的人，
这才是有志气的孩子。
但志气要放在心里，
要放在工夫里，
千万不可放在嘴上，
千万不可摆在脸上。

祖望：

　　你这么小小年纪，就离开家庭，你妈妈和我都很难过，但我们为你想，离开家庭是最好办法。第一使你操练独立的生活，第二使你操练合群的生活，第三使你自己感觉用功的必要。

　　自己能供应自己、服事自己，这是独立的生活。饮食要自己照管，冷暖要自己知道。最要紧的是做事要自己负责任。你功课做得好，是你自己的光荣；你做错了事，学堂记你的过，惩罚你，是你自己的羞耻。做得好，是你自己负责任。做得不好，也是你自己负责任。这是你自己独立做人的第一天，你要凡事小心。

你现在要和几百人同学了，不能不想想怎样可以同别人合得来。人同人相处，这是合群的生活。你要做自己的事，但不可妨害别人的事。你要爱护自己，但不可妨害别人。能帮助别人，须要尽力帮助人，但不可帮助别人做坏事。如帮人作弊，帮人犯规则，都是帮人做坏事，千万不可做。

合群有一条基本规则，就是时时要替别人想想，时时要想想：假使我做了他，我应该怎样？我受不了的，他能受得了吗？我不愿意的，他愿意吗？你能这样想，便是好孩子。

你不是笨人，功课应该做得好。但你要知道世上比你聪明的人多得很。你若不用功，成绩一定落后。功课及格，那算什么？在一班要赶在一班的最高一排。在一校要赶在一校的最高一排。功课要考最优等，品行要列最优等，做人要做最上等的人，这才是有志气的孩子。但志气要放在心里，要放在工夫里，千万不可放在嘴上，千万不可摆在脸上。无论你的志气怎样高，对人切不可骄傲。无论你成绩怎么好，待人总要谦虚和气。你越谦虚和气，人家越敬你爱你。你越骄傲，人家越恨你，越瞧不起你。

儿子，你不在家中，我们时时想念你，你自己要保重身体。你是徽州人，要记得"徽州朝奉，自己保重"。

你要记得下面的几件事：

（一）不要买摊头上的食物，微生物可怕。

（二）不要喝生水、冷水，微生物可怕。

（三）不要贪凉。身体受了寒冷，如同水冰了不流，如同汽车上汽油冻住了，汽车便开不动。许多病是这样来的。

（四）有病赶快寻医生。头痛是发热的表示，赶快试验温度表（寒暑表），看看有无热度。

（五）两脚走路觉得吃力时，赶快请医生验看，怕是脚气病。脚气病是学堂里常有事，最可怕，最危险。

（六）学校饮食里的滋养料不够，故每日早起须吃麦精一匙，可试用麦精代替糖浆，涂在面包上吃吃看。

这几条都是很要紧的，千万不要忘记。

你写信给我们，也须用编号数，用一本簿子记上，如下式：

家信苏州　第一号　　　月　　　　日寄

　　　苏州　第二号　　　月　　　　日寄

你收的家信，也记在簿子上：

爸爸苏州　第一号　八　月　　廿七　日收

爸爸苏州　第二号　　　月　　　　日收

妈妈　　　第三号　　　月　　　　日收

儿子，不要忘记我们，我们不会忘记你。努力做一个好孩子。

爸爸

十八年八月廿六日夜

（本文系胡适1929年8月写给10岁儿子胡祖望的家信）

艺术教育的本意

丰子恺

真是知识的教育，
善是意志的教育，
美是感情的教育。
知识、意志、感情，
三方面的教育平均具足，
方能造成健全之人格。

"艺术的"三字，被人误用为"漂亮的""华丽的""摩登的"意义。因此，"艺术教育"一名词也尝被人误解，以为就是画画，唱歌等的教育。其实完全不然，"艺术的"不一定漂亮，华丽，或摩登。"艺术教育"也不单是教画与教唱。不漂亮，不华丽，不摩登的，很可以是"艺术的"。不会描画，不会唱歌的，也很可以是饱受艺术教育的人，知道了艺术教育的本意，便相信此言之不谬。

真、善、美，是人性的三要件。三位一体，缺一不可。凡健全之人格，必具足此三要件。教育的最大目的，便是这三要件的平均具足的发展。因为真是知识的教育，善是意志的教育，美是感情的教育。知识、意志、感情，三方面的教育平均具足，方能造成健全之人格。

但教育的重心，可以专注在三者中的某一方面。专注在意志方面的，为道德教育，专注在知识方面的，为科学教育，专注在感情方面的，为艺术教育，以前引用过"礼体为教，其用主和"的话。现在再用此法说明，即：道德教育之体为真美，其用主善，科学教育之体为善美，其用主真。艺术教育之体为真善，其用主美。

故道德教育是善的教育，科学教育是真的教育，艺术教育是美的教育。但这不过是就外形而言，不是绝对的。真善美好比一个鼎的三只脚。我们安置这个鼎的时候，哪一只脚放在外面，可以随便。但是后面的其他两只脚，一只也缺少不得。缺少一只，鼎就摆不稳，譬如：道德教育倘绝对注重意志方面，其病为"任意"，任意的结果是"顽固"。科学教育倘绝对注重知识方面，其病为"任知"，任知的结果是"冷酷"。艺术教育倘绝对注重感情的方面，其病为"任情"，任情的结果是"放浪"，都是不健全的教育。欧化东潮之初，我国人盲法西洋，什么都变本加厉，"城中好高髻，四方高一尺"

的状态，时有所见。研究科学回国的人，把人看得同机械一样。研究艺术回国的人，看见中国里只有他一个人。美其名曰"浪漫"。所谓"象牙塔里的艺术"，就是这班人造出来的。

故艺术教育虽可说是"美的教育"，但不可遗弃背后的真善二条件。否则就变成"唯美的"，"殉美的"，"浪漫的"，"放浪的"，不是健全的艺术教育了，这道理可以用画来说明：譬如描一幅肖像画，必须顾到三个条件，第一，你要描写的人必须是可敬爱的人。第二，你必须描得肖似逼真。第三，布置设色用笔必须美观。第一条就是善，第二条就是真，第三条就是美。缺了一条，就不是良好的肖像画。其结果诸君可推想之。

所以描一幅画，看似小事，其实关系于根本的精神修养，我们不能单从图画上面着手艺术教育，必须根本地从"感情"的教育着手。故艺术教育，又可说是"情的教育"。情的教育的要旨，一方面在培植感情，使它发展，他方面又要约束感情，使他不越轨道。——这就是"节制"。《檀弓》里有一段名文我大约记得如此：

"曾子寝疾，病。乐童子春坐于床下，曾元坐于足，童子隅坐而执烛。童子曰，华而睆，大夫之箦欤？子春曰，止。童子曰，华而睆，大夫之箦欤？……曾子曰，然。我未之较易也，元起易箦，曾元曰，夫子之病亟矣。不可以变。幸而至于旦，敬请易之。曾子曰，尔之爱我也，不如彼。君子之爱人也以德，小人之爱人也以姑息。吾得正而毙焉，斯已矣。举扶而易之，及席未安而没。"这可谓得情理之正，可为千古美谈。盖爱亲是情。爱亲而至于姑息，便是"任情"，便是"放浪"，任情放浪的爱，其实不是爱而是害。抗战时代，可歌可泣之事甚多，此种证例亦甚易找。苗可秀的同志因多敬爱他，要陪着他一同殉国，徒忽牺牲，即不免"姑息"，"殉情"的批评，而不能称为大爱。感情教育不健全，对人的爱亦不正大，故情的教育，又可称为"爱的教育"。

《爱的教育》，是意大利人亚米契斯的一册名著。中国有夏丏尊先生的译本。然而这册书中所讲的爱，不免稍偏重于情，所以有"软性教育"之评，后来亚米契斯的朋友为了矫正他这一点，另著一册《续爱的教育》，夏先生也有译本。这书纠正前书中偏重感情的缺点，主张硬性教育。这两册书，在教育者是值得一读的。翻开

《爱的教育》第一页来，即可看到过于重情而近于感伤的事例，秋季开学的时候，一位女先生换了一班主任。看见原来主任班里的学生，因为惜别，感伤得说不出话来，甚至几乎下泪。又如"少年笔耕"中的叙利亚，夜里偷偷地起来代父亲佣书，弄得身体衰弱，学业荒废，也是偏重感情而走入姑息与小爱的一例。这使我联想起中国古代的二十四孝来。王祥卧冰得鲤，吴猛恣蚊饱血，郭巨为母埋儿，都孝得不成样子，其过当比曾子耘瓜更甚。这些事例，可说是殉情，殉善，而失却了真理，但中国人著书，往往不重事，而注重事实所表现的一种思想，或事实所象征的一种真理。故其事实往往过分夸大而不可信。《爱的教育》著者，颇有中国著者的风度。故这种书虽有缺陷，终不失为涵养感情的一种手段。

美的教育，情的教育，爱的教育，皆以涵养感情为要义。故艺术教育必须选择几种最适于涵养感情的东西来当作手段，最适于涵养感情的，是美色和美声。换言之，就是图画科和音乐科。这些声色之中，真善美俱足，情理得中，多样统一，最能给人一种暗示，不知不觉之间，把我的感情潜移默化，使趋于健全。所以健全的艺术教育不仅注重描画唱歌的技巧，而必须注重其在生活上的活用，譬如儿童无故在白色的粉墙上乱涂，在美丽的雪地里小便，这等都是图画音乐的教育不健全之故。不然，儿童应有爱美心，不忍无端破坏世间一切美景。有的儿童，无故毁坏自然，无故残杀生命，以破坏为乐，最好"不艺术的"。譬如无端毁坏一个蛛网，推广此心，便可滥用权势来任意破坏别人的事业。无端踏杀一群蚂蚁，推广此心，便可用飞机载了炸弹到市区狂炸。所谓毫厘千里之差，即在于此，人在世间行事，理智常受感情的控制。故表面看来照理行事，暗中是因情制宜。"以力服人者，貌恭而不心服"，便是情在那里作怪。故情的教育，在无形中，比其他教育有力得多，艺术教育的重要性即在于此。

（本文原载 1945 年 3 月 1 日《读书通讯》第 105 期）

千万珍重,千万自爱

傅 雷

◇◇◇◇◇◇◇◇◇◇◇◇◇◇

孩子,
珍重,
各方面珍重,
千万珍重,
千万自爱!

孩子：十个月来我的心绪你该想象得到；我也不想千言万语多说，以免增加你的负担。你既没有忘怀祖国，祖国也没有忘了你，始终给你留着余地，等你醒悟。我相信：祖国的大门是永远向你开着的。

好多话，妈妈已说了，我不想再重复。但我还得强调一点，就是：适量的音乐会能刺激你的艺术，提高你的水平；过多的音乐会只能麻痹你的感觉，使你的表演缺少生气与新鲜感，从而损害你的艺术。你既把艺术看得比生命还重，就该忠于艺术，尽一切可能为保持艺术的完整而奋斗。这个奋斗中目前最重要的一个项目就是：不能只考虑需要出台的一切理由，而要多考虑不宜于多出台的一切理由。其次，千万别做经理人的摇钱树！他们的一千零一个劝你出台的理由，无非是趁艺术家走红的时期多赚几文，哪里是为真正的艺术着想！一个月七八次乃至八九次音乐会实在太多了，大大的太多了！长此以往，大有成为钢琴匠，甚至奏琴的机器的危险！你的节目存底很快要告罄的；细水长流才是办法。若是在如此繁忙的出台以外，同时补充新节目，则人非钢铁，不消数月，会整个身体垮下来的。没有了青山，哪还有柴烧？何况身心过于劳累就会影响到心情，影响到对艺术的感受。这许多道理想你并非不知道，为什么不挣扎起来，跟经理人商量——必要时还得坚持——减少一半乃至一半以上的音乐会呢？我猜你会回答我：目前都已答应下来，不能取消，取消了要赔人损失等等。可是你能否把已定的音乐会一律推迟一些，中间多一些空隙呢？否则，万一临时病倒，还不是照样得取消音乐会？难道捐税和经理人的佣金真是奇重，你每次所得极微，所以非开这么多音乐会就活不了吗？来信既说已经站稳脚跟，那么一个月只登台一二次（至多三次）也不用怕你的名字冷下去。决定性的仗打过了，多打零星的不精彩的仗，除了浪费精力，报效经理人以外，毫无用处，不但毫无用处，还会因表演的不够理想而损害听众对你的印象。你如今每次登台都与国家面子有关；个人的荣辱得失事小，国家的荣辱得失事大！你既热爱祖国，这一点尤其不能忘了。为了身体，为了精神，为了艺术，为了国家的荣誉，你都不能不大大减少你的演出。为这件事，我从接信以来未能安睡，往往为此一夜数惊！

还有你的感情问题怎样了？来信一字未提，我们却一日未尝去心。我知道你的性格，也想象得到你的环境；你一向滥于用情；而即使不采主动，被人追求时也免不了虚荣心感到得意：这是人之常情，于艺术家为尤甚，因此更需警惕。你成年已久，到了二十五岁也该理性坚强一些了，单凭一时冲动的行为也该能多克制一些了。不知事实上是否如此？要找永久的伴侣，也得多用理智考虑勿被感情蒙蔽！情人的眼光一结婚就会变，变得你自己都不相信：事先要不想到这一着，必招后来的无穷痛苦。除了艺术以外，你在外做人方面就是这一点使我们操心。因为这一点也间接影响到国家民族的荣誉,英国人对男女问题的看法始终清教徒气息很重,想你也有所发觉,知道如何自爱了;自爱即所以报答父母,报答国家。

真正的艺术家,名副其实的艺术家,多半是在回想中和想象中过他的感情生活的。惟其能把感情生活升华才给人类留下这许多杰作。反复不已的、有始无终的、没有结果也不可能有结果的恋爱,只会使人变成唐·璜,使人变得轻薄,使人——至少——对爱情感觉麻痹,无形中流于玩世不恭;而你知道,玩世不恭的祸害,不说别的,先就使你的艺术颓废;假如每次都是真刀真枪,那么精力消耗太大,人寿几何,全部贡献给艺术还不够,怎容你如此浪费!歌德的《少年维特之烦恼》的故事,你总该记得吧。要是歌德没有这大智大勇,历史上也就没有歌德了。你把十五岁到现在的感情经历回想一遍,也会怅然若失了吧?也该从此换一副眼光、换一种态度、换一种心情来看待恋爱了吧?——总之,你无论在订演出合同方面,在感情方面,在政治行动方面,主要得避免"身不由主",

这是你最大的弱点。——在此举国欢腾，庆祝十年建国十年建设十年成就的时节，我写这封信的心情尤其感触万端，非笔墨所能形容。孩子，珍重，各方面珍重，千万珍重，千万自爱！

（本文系傅雷1959年10月写给儿子傅聪的家信）

多识草木鸟兽之名

李汉荣

"多识草木鸟兽之名",
应该是永不会过时的审美教育方式
和生态教育方式。

两千多年前,孔夫子曾说过:"多识于鸟兽草木之名。"我想孔子这句话的本意有两个:一是多识草木鸟兽,便于对人进行"诗教",即审美教育,因为要识草木鸟兽,就要贴近自然,观察自然,进而受到大自然的启示、感染和熏陶,内心变得纯洁、丰富而富于美感;二是这多识草木鸟兽的过程,也就是进行生态教育的过程,在这一过程里,人不仅了解了自然物种的某些特征和规律,也知道了人所置身的生存环境原来是由众多物种共同营造的,人进而对其他物种有了尊重、同情和护惜的心情。后面的这个理解,猛一看好像有些牵强附会,似乎硬要把孔子说成是"环保"的先知先觉者——其实正是这样,孔子等古代圣贤在"环保"方面确有超前自觉的一面,试读《论语·述而》:"子钓而不纲,弋不射宿"(孔子钓鱼从不用网取鱼,从不射归宿的鸟),这反映了孔子爱物护生的美德,这种美德表现为遵守古代取物有节的资源保护的社会公约,同时也透露出孔子对生灵的同情:不用密织的渔网捕鱼,避免捕捞而伤害了小鱼;不射归宿的鸟,那鸟或许是母鸟,它要喂养巢中的孩子,它带着倦意和情意从黄昏飞过,这黄昏也变得格外有情意,人怎忍心伤害它呢?

重温孔夫子的这段教诲,感到很亲切,而当我把这段教诲向自己的孩子讲解时,又觉十分愧疚:我们的孩子是不是也该"多识草木鸟兽之名"?又该如何"多识草木鸟兽之名"?

当然孔夫子是两千多年前的孔夫子,他没有见过飞机、火车、飞船,也没有玩过电玩、电脑,他没有赶过我们的时髦,当然他的肺叶里也没有我们的雾霾废气,他的耳鼓里也不会有那么多噪声。但是照过孔夫子的太阳仍然照着我们，在孔夫子头顶奔流的银河仍然在我们头顶奔流，在可预见的时间里，太阳不会过时，银河不会断流，有些真理也永远不会过时和失传，那是关乎生命和宇宙之本源的终极真理。"多识草木鸟兽之名"，应该是永不会过时的审美教育方式和生态教育方式。

现今的孩子，尤其是城市的孩子，还识得多少草木鸟兽呢？还认得多少风花雪月呢？

我的孩子一直盼着养一只狗，却又不喜欢太乖巧的狮子狗，想养一只忠诚又有几分野性的狗，这在如今已是不容易实现的奢侈理想。最后终于得到了一条狗，那狗不吃不喝却又在山吃海喝，不见形迹却又有踪影，它是"电子宠物"，是靠一小片电池喂养的"狗"。孩子却把对生灵的全部爱心和关切都献给这电子幻影了：每天准时"喂"它吃的喝的，准时让它散步，准时让它睡觉，半夜做梦也梦见他的可爱"宠物"死了，哭得好伤心。孩子们远离了大自然，失去了多少与其他生命交流的机会，看着孩子把爱心和泪水都献给那个"电子幽灵"，我真的有点儿可怜孩子。

让孩子明白"井""泉""瀑布""溪流"是个什么样子，也是很困难的事，因为他没有见过井和泉，没有见过瀑布和溪流，没有在那深深的或清清的水里凝视过自己的倒影，没有照过井的镜子，没有听过泉的耳语。这不只是知识上的缺憾，更是内心经验的遗憾：他的心里永远少了井一样幽深的记忆和泉一样鲜活的美感，也少了瀑布一样的壮丽情怀和溪流一样的清澈灵性。

同样，让城市的孩子明白"虹"是什么，"鸟群"是什么，"蝉声如雨"是什么，"蛙鼓"是什么，"天蓝得像水洗过一样"的那个"天"是什么，也是困难的；让他们理解"草色遥看近却无"的微妙春意，理解"可惜一溪风月，莫教踏碎琼瑶"的天人合一的意境，也是困难的。因为他们没有见过这些事物，更没有亲临过这些情境。

我时常想，孩子们在享用现代城市物质文明之宠爱的同时，也失去了更多的、更为根本和珍贵的来自大自然的启示、感染和熏陶，而正是这些，才是作为自然之子的人的心灵和情感的永恒源泉。

每当这时候,我就仿佛听见孔夫子站在时间的那边,站在草木深处,语重心长地叮咛我们:"多识于鸟兽草木之名"……

(本文原载2016年3月26日《人民日报》第12版)

你是一个"等蛋飞"的妈妈吗?

张丽钧

父母没翅膀,
孩子难飞翔。
你若真想让孩子飞,
那你自己就先长出一双奋飞的翅膀吧!

新生报到的时候，有个珠光宝气的妈妈来送孩子入学。见到我后，亲切地喊"老师"。见我脸上打着问号，她忙说："老师，您不认识我了吗？我可是您的亲学生呢！"

我只好说："我怎么不记得我教过这么漂亮的学生啊！"

她说："都二十多年了，不怪您不记得。您想啊，连我家老大都上高一了呢！"

我听了笑起来："既然你说是老大上高一了，那应该是还有老二啊？"

她似乎专等着我问这个问题呢，无限骄傲地

说："我家老二已经四岁了。学生现在是有儿有女的人啦！"

我问她在哪个单位上班，她说："我原来是个小学老师，生了老二之后就辞职了。现在每天把老二送到幼儿园后，我就是跑跑美容院，逛逛街，收拾收拾家，悠闲自在。"

我逗她："那你老公应该很能赚吧？否则这个家可不好养呢！"

她得意地说："他是做生意的，生意做得还不赖，完全能够养活我们娘仨！我老公跟我说：你能把这两个孩子养大，就相当于创造了最辉煌的业绩！所以，我就做了全职妈妈，一心盼着两个孩子将来能有出息……"

说完这番话后，她欢快地向我道了"再见"，就跑去帮孩子办手续了。

我望着她的背影，很想把她叫回来，为她读一首小学生写的诗——"别的鸟，都会飞。我妈妈，从不飞。下个蛋，等蛋飞。"

我想问问我那个漂亮学生："亲爱的，你是笃定要做个'等蛋飞'的妈妈了吗?你不怕你家老二对着你读这样一首诗吗?你不怕你家老大在作文课上写一篇题目为"我妈妈是一个没用的中年妇女"的作文吗?你甘心做'孩奴'的样子,好让人心焦……"

我的经验告诉我,一个把"等蛋飞"当成事业的妈妈,很难培养出一个鹏程万里的孩子。

听俞敏洪先生的讲座,我发现他反复提及他的妈妈。他的妈妈只有小学一年级文化水平,却堪称庄稼院里的女王——别人家一年养三头猪,可他妈妈一年要养六头猪!正是屋檐下这种要强、拔尖儿的"身教",练就了儿子志存高远、愈挫愈勇的品格,"中国留学教父"这顶帽子戴到这个打猪草出身的农家子弟的头上,是多么顺理成章的事!——听着!俞敏洪是这样炫耀他的女儿的:"她连续划了七个小时的独木舟!"你瞧,这家人已将"挑战不可能"当成了日常。

"等蛋飞"的妈妈,很可能造就出"等蛋飞"的下一代,代代"等蛋飞",代代难起飞。

"家庭子宫",威力无穷。冥冥之中,有一种渐染与传承,可以让一家人生出相似度极高的"精神长相"，一雄雄一窝，一尻尻一窝。

  我坚信：父母没翅膀，孩子难飞翔。你若真想让孩子飞，那你自己就先长出一双奋飞的翅膀吧！

（本文选自《花香拦路：张丽钧自选集》，甘肃人民出版社2021年7月出版）

PART 4
送孩子走向未来

当孩子渐行渐远，
你只有目送，而不必追

普通教育和职业教育

蔡元培

受毕普通教育,
还要力图上进,
不可苟安现状。

兄弟已经几次到过新加坡了,今天得有机会,和诸位共话一堂,实在荣幸得很!只是今天没有什么预备,所以不能有多少贡献,还望诸君原谅。

在座诸君,大半是学界中人,因此可知这里的学校多了。我今天就把普通教育和职业教育说一说。刚才从中学校来,知道中学内有商科一班,这却是职业教育的性质,不在普通小学校或中学校的普通教育范围以内。

普通教育和职业教育,显有分别:职业教育好像一所房屋,内分教室、寝室等,有各别的用处;普通教育则像一所房屋的地基,有了地基,便可把楼台亭阁等建筑起来。故职业教育所注重的，是专门的技能或知识，有时研究到极精微处，也许有和日常生活绝不相干的情形。例如研究卫生的，查考起微生虫来，分门别类，精益求精，有一切另外的事都完全不管的态度。这是从事专门学问的特异点。

可是我们要起盖房子时，必得先求地基坚实，若起初不留意，等到高屋将成，才发见地基不稳，才想设法补救，已经来不及了。我刚才讲过普通教育好像房屋的地基一样，所以教育者和被教育者都要特别注意才是。现今欧美各大学中的课程，非常严重，对于各种基本的知识，差不多不很注意了。为什么呢？因为学生在中小学的时代，早已受了很重的训练，把高深学术的基础筑固了，入大学时自然不觉得困难。若在中小学内，并没有建筑好基础，等到自悟不够时，再要补习起来，那就很不容易了。

因此，前年①我国审查教育会，把普通教育的宗旨定为：（一）养成健全的人格，（二）发展共和的精神。

---

① 前年：此处指 1918 年。——编者注

所谓健全的人格，内分四育，即：（一）体育，（二）智育，（三）德育，（四）美育。

这四育是一样重要，不可放松一项的。先讲体育。在西洋有一句成语，叫做"健全的精神，宿于健全的身体"。足见体育的不可轻忽。不过体育是要发达学生的身体，振作学生的精神，并不是只在赌赛跑跳或开运动会博得名誉体面上头，其所以要比赛或开运动会，只是要引起研究体育的兴味；因恐平时提不起锻炼身体的精神，故不妨常和人家较量较量。我们比不过人家时，便要在平常用功了。其实体育最要紧的是合于生理。若只求个人的胜利，或一校的名誉，不管生理上有无危险，这不要说于身体上有妨害，且成一种机械的作用，便失却体育的价值了。而且只骛虚名，在心理上亦易受到恶影响。因为常常争赛的结果，可使学生的虚荣心旺盛起来；出去服务社会，一切举动，便也脱不了虚荣心的气味，这是贻害社会不浅的。不过开运动会和竞技等，在平时操练有些呆板乏味时，偶然举行一下，倒很可以调剂机械作用。因变化常态而添出兴趣，是很好的，只要在心理上使学生彻底明白体育的目的，是为锻炼自己的身体，不是在比赛争胜上，要使他们望正鹄做去。

次讲智育。案我们教书，并不是像注水入瓶一样，注满了就算完事，最要是引起学生读书的兴味。做教员的，不可一句一句，或一字一字的都讲给学生听。最好使学生自己去研究，教员竟不讲也可以，等到学生实在不能用自己的力量了解功课时，才去帮助他。至于常用口头的讲授，或恐有失落系统的毛病，故定出些书本来，而定书本也要看学生的程度，高下适宜才对。做学生的，也不是天天到校把教科书熟读了，就算完事。要知道书本是不过给我一个例子，我要从具体的东西内抽出公例来，好应用到别处去。譬如从书上学得菊花，看见梅花时，便知也是一种植物；从书上学得道南学校，看见端蒙学校，便也知道是什么处所；若果能像这样的应用，就是不能读熟书本，也可说书上的东西都学得了。

再现在各学校内，每把学生分为班次，要知这是不得已的办法，缘学生的个性不同：有的近文学，有的喜算术等；所以各人于各科进步的快慢，也不能一致，但因经济方面，或其他的关系，一时竟没法子想。然亦总须活用为妙。就是遇有特别的天才的，总宜施以特别的教练。在学生方面，也要自省，我于那几科觉得很困难的，须格外用功些；那几科觉得特别喜欢的，也不妨多学些。总之，教授、求学，两不可呆板便了。

　　至于德育，并不是照前人预定的格言做去就算数。有些人心目中，以为孔子或孟子所讲的总是不差，照他们圣人的话实行去，便是有道德了。其实这种见解是不对的。什么叫道德？并不是由前人已造成的路走去的意义，乃是在不论何时何地照此做法，大家都能适宜的一种举措标准。是以万事的条件不同，原理则一。譬如人不可只爱自己，于是有些人讲要爱家，这便偏于家庭，或有些人提倡爱群，又偏于群的方面了；可是他的原理，只是爱人一语罢了。故我们要一方考察现时的风俗情形，一方推求出旧道德所以酿成的缘故，拿来比较一下。若是某种旧道德成立的缘故，现在已经没有了，也不妨把他改去，不必去死守他。我此刻在中学校看见办有图书馆、童子军等，这些事物，于许多人很适宜，于四周办事人亦无妨害，这便不是不道德。总之，道德不是记熟几句格言就可以了事的，要重在实行。随时随地，抱着试验的态度。因为天下没有一劳永逸的事情，若说今天这样，便可永远这样，这是大误。要随时随地，看事势的情形，而改变举措的标准。去批评人家时，也要考察他人所处的环境怎样而下断语才是。

第四美育。从前将美育包在德育里的，为什么审查教育会要把他分出来呢？因为挽近人士太把美育忽略了。按我国古时的礼、乐二艺，有严肃优美的好处。西洋教育，亦很注重美感的。为要特别警醒社会起见，所以把美育特提出来，与体、智、德并为四育。

美育之在普通学校内，为图、工、音乐等课。可是亦须活用，不可成为机械的作用。从前写字的，往往描摹古人的法帖，一点一划，依样葫芦，还要说这是赵字哪，这是柳字哪，其实已经失却生气，和机器差不多,美在那里?

图画也是如此,从前学子,往往临摹范本,圆的圆,三角的三角,丝毫不变,这亦不可算美。现在新加坡的天气很好,故到处有自然的美,要找美育的材料,很容易。最好叫学生以己意取材,喜图画的,教他图画;喜雕刻的,就教他雕刻;引起他美的兴趣。不然,学生喜欢的不教,不喜欢的硬叫他去做,要求进步,很难说的。像儿童,本喜自由游戏,有些人却去教他们很繁难的舞蹈,儿童本喜自由嬉唱,现在的学校内,却多照日本式用1234567等,填了谱,不管有无意义,教儿童去唱。这样完全和儿童的天真天籁相反。还有看见西洋教音乐要用风琴的,于是也就买起风琴来,叫小孩子和着唱。实则我们中国也有箫笛等简单的乐器,何尝不可用?必要事事模仿人家,终不免带着机械性质,于美育上,就不可算是真美。

以上四育,都宜时时试验演进,要一无偏枯,才可教练得儿童有健全的人格。

学校教育注重学生健全的人格,故处处要使学生自动。通常学校的教习，每说我要学生圆就圆，要学生方就方，这便大误。最好使学生自学，教者不宜硬以自己的意思压到学生身上。不过看各人的个性，去帮助他们作业罢了。但寻常一级的学生，总有二十人左右。一位教员，断不能知道个个学生的个性；所以在学生方面，也应自觉，教我的先生既不能很知道我，最知我的，便是我自己了。如此，则一切均须自助才好。大概受毕普通教育，至少要获得地平线以上的人格，使四育平均发展。

又我们人类，本是进化的动物，对于现状常觉不满足的。故这里有了小学，渐觉中学的不可少；办了普通教育，又觉职业教育的不可少了。南洋是富于实业的地方，我们华侨初到这里的，大多数从工事入手以创造家业。不过发大财成大功的，都从商务上得来。商业在南洋，的确很当注意的，这里的中学，就应社会的需要，而先办商科。然若进一步去研究，商业的发达，必借原料的充裕，那原料又怎样能充裕呢？不消说，全在农业的精进了。农业更须种种的农具，要求器械的供给，又宜先开矿才行，这又侧重到工艺上头。按我国制造的幼稚，实在不容不从速补救。开了铁矿自己不会炼钢，却将原料卖给别国，岂不可惜？若精了制造术，便不怕原料的一时跌价，因为我们能自己制造应用品出售，也可不吃大亏啦。

照现在的社会看来，商务的发达，可算到极点了，以后能否保持现状，或更有所进步，这都不能有把握。万一退步起来，那么，急须从根本上补救。像研究农业和开工厂等，都足为经商的后盾，使商务的基础十分稳固，便不愁不能发展。故学生中有天性近农近工的，不妨分头去研究，切不可都走一条路。

农、商、工的应用，我们都知道了。但在西洋，这三项都极猛进。而我国自古以农立国，工业一途，亦发达极早。何以到了今日，都远不如他们呢？这便因他们有科学的缘故。一个小孩子知识未足时，往往不知事物的源本。所以若去问小孩子，饭是从那里来的？他便说"从饭桶里来的"；聪明些的，或能说"从锅子里来的"。都不能说从田里来的。

我国的农夫，不能使用新法，且连一亩田能出多少米、养活多少人，都不能计算出来，这岂不是和小孩子差不多么？故现在的学生，对于某种科学有特别的兴味的，大可去专门研究。即如性喜音乐的，将来执业于社会，能调养他人的精神，提高社会的文化，也尽有价值，尽早自立。做教师的，不妨去鼓舞他们，使有成功。总之，受毕普通教育，还要力图上进，不可苟安现状。若愁新洲没有专门学校，那可设法回国，或出洋去。

我最后还有几句关于女学校的话要说：这里的学校，固已不少，但可惜还没有女子中学。刚才在中学时，涂先生也曾提及这一层。我想男女都可教育的，况照现在的世界看来，凡男子所能做的，女子也都能做。不过我国男女的界限素严，今年内地各校要试办男女合校时，有许多人反对。若果真大众都以为非分校不可，那就另办一所女子中学也行。若经济问题上不能另办时，我看也可男女合校的。在美国的学校，大都男女兼收，虽有几校例外，也是历来习惯所致。在欧洲还有把一校划分男女二部的，这也是一种方法。总之，天下无一定不变的程式，只有原理是不差的。我们且把胆子放大了，试试男女合校也好。若家庭中父兄有所怀疑时，就可另办一所女子中学，或把男子中学划分二部，或把讲堂上男女座位分开，便极易办到了。这女子中学一事，只要父兄与学生两方面多数要求起来，我想一定可以实现的。我今日所说的，就是这些了。

（本文系蔡元培1920年12月在新加坡南洋华侨中学发表的演说词）

做一个优秀的中学生

蔡元培

人不能绝对地不顾自己,
但也不能绝对地只求利己,
有时还要离了浅薄的自利主义,
为别人牺牲自己的一部分或是全体,
才能自己满足。

兄弟在北京时，经校长时常和我谈起春晖中学的情形，原早想来看看。此次回到故乡，又承五中沈校长邀同来此，今日得和诸位相会，非常欢喜。到了这里，觉得一切都好，所可说的只有羡慕诸君的话。我所羡慕诸君的有三：一是羡慕诸君有中学校可入，二是羡慕诸君所入的中学校是个私人创立的学校，三是羡慕诸君所入的学校有这样的好环境。

中学时代，是人生中最重要的一段。一切身体上、精神上、知识上的基础，都在这时代中学成。就身体上说，我们在这时候，正在发育时期，要想将来有健全的身体去担当社会事业，就非在这时候受正当的体育不可。就知识上说，凡是学问都不是独立的，譬如我想研究化学，就非知道数学、生物学、物理学等不可。如不在这时候修得普通知识，受到普通教育，将来就不能研求正当的学问。这时期无论在何种方面来看，都是重要关头，如果不让他好好地正当地经过，就要终身受亏。回想我从前和诸君一样年纪的时候，要求入中学而不可得，因为那时候还没有这样的一种机关。虽然读书，也无非延师教读，在家念点经书，作点当时通行的八股文而已。到了现在，身体不好，不能担当什么大事，虽想研究一种学问，可是根底没有，很觉得困难。譬如我想研究哲学，或是什么学科，但因没有数学、生物学、化学等的知识，就无从着手，要想一一重新学习呢，年龄已大，来不及了。这是我所常常自恨的。

中学一面继续着小学，一面又接着高等教育。诸君在小学时，大概都还不过是因了兴味而学习种种事情，对于各科，所得的不过是大约的概括的头绪，并未曾得着过分析的知识的。中学的功课比之小学，较为分析的，将来到了专门大学，那分析将更精细。诸君已入中学，较在小学已更进一境，小学虽不过因了兴味来学习种种，在中学校，却不能只凭兴味，比之在小学时，要用点苦功下去，要格外精细的研究了。至于毕业后，或就去任社会事务，或去升入专门，各有各的一条路，分析将又细密，用力自然将又加多。但只要这时打好了根底，那时也就没有什么困难了。最重要的就是现在。关于各科，要好好地用功；身体要好好地当心，不要把他错过。这时代留意一分，终身就享受一分的利益，自己弄坏一分，终身就难免一分的吃亏。我回想到自己当时不得受中等教育，至今吃了不少的亏，所以对于今日在座的诸位，觉得很是羡慕。诸君生当现在，有中学可入，真是幸福。

　　现在中学已多，有官立的，有私立的。诸君所入的中学，却是一个个人创立的学校，尤为难得。这春晖中学是已故陈春澜先生独立出资创设的。他何以要出了许多私财来创立这个春晖中学呢？他虽有钱，如果不拿出来办这个学校，试问谁能强迫他，说他不是？可知他的出钱办学，完全出于自己的本心。他因为有感于自己幼时，未曾得到求学的机会，有了钱就出钱办学，使大家可以来此求学，这一层已很足使我们感动了。我们要怎样地用功，才不致辜负他这片苦心？春澜先生出钱办学时，想来总希望得着许多善良的学生，决不愿有坏学生的，我们要怎样的努力做好学生，才不致违背他的希望？我们人类，在生物中，无角无爪，很是柔弱，而能发达生存者，全在彼此互助，只顾一人，是断不能生存的。自己要人家帮助，同时也须帮助人家。譬如有能作工的，就应去帮助人家作工；有能医病的，就应去帮助人家医病。这样大家彼此互助，世界上的事情才弄得好。春澜先生出了这许多钱来办这个学校，于他自己是丝毫没有利益的，虽用了"春晖"二字做校名，他老先生死了，还自己晓得什么。他的出钱办学，无非要为帮助我们求学。他这样帮助了我们，我们将怎样的学他去帮助别人呢？这校的历史，种种都可以鼓舞我们，勉励我们。诸君得在此求学，比在别校更容易引起好的感想，更多自振的机会，这也是可羡慕的一件事。

春澜先生出钱办学，不办在都会，而办在这风景很好的清静的白马湖，这尤足令人快意。凡人行事，虽出于自己，但环境也是支配人的行为的。人受环境影响，实是很大。孟母三迁，就是为此。譬如我们，如果置身于争权夺利的人群中，不久看惯了，也就会争权夺利起来，不以为耻了。此地白马湖四周没有坏的事情来诱惑我们，于修养最宜。风景的好，又是城市中人所难得目睹的，空气清爽，不比都会的烟尘熏蒸。这里所有的东西，在都市里都是难得办到的，或不能办到的。在都市的学校，要觅一个运动场不可得，而此地却有很宽大的运动场，并且要扩充也容易。都市中人要花许多旅费才能领略的山水，而诸君却可朝夕赏玩，游钓任意。诸君要研究生物，标本随时随处可得；要研究地理，随处都是材料；天上的星辰，空中的飞鸟，无一不是供给诸君实际上的知识。此地的环境，可以使得诸君于品格上、身体上、知识上得着无限的利益，我很羡慕。

又，人生在世，所要的不但是知识，还要求情的满足。知识的能力，足以征服自然。现在的电灯，较古时的油灯进步；现在的飞机、轮船、火车，较古时的舟车进步。古人虽有很好的心思，但因为被偏见所迷，以为异国人或异种人是可以杀的，或是可以食的，遂有种种残忍不道的危险。现在知识进步，已逐渐把这种偏见除去了许多了。知识上的进步，可以使人得着安全的生活，现在一切穿的、吃的、用的，都好于从前，一切都比从前危险少而利益多。某事怎么去做才便利，怎么去想法子才安全，这都是从知识上计较打算来的。知识的进步，正无限量，将来还不知道有怎样安全快乐便利的生活可得哩！可是人类于知识以外，还有情的要求。世间尽有许多人，物质的生活虽已安全舒服，心里还觉得有许多不满意的。一个人虽不能全没有计较打算，但有的却情愿做和计较打算无关系的事，不如此，就觉得不快，这就是爱美的情。人有爱美的情，原是自然而然的。野蛮人拾了海边的贝壳，编串为各种的式样，挂在身上，或于食了动物以后，更在其骨上雕刻种种花样，视以为乐。乡间农人每逢新年，欢喜买几张花纸贴在壁上，有的或将香烟里的小画片粘贴起来。这在我们看去，或以为不好看，但在他们，却以为是很美的。又如有人听唱戏，学了歌，便喜欢仰天唱唱，或是弄弄什么乐器，这都是人类爱美的心情的流露，也可以说是人与动物不同的地方。其实动物中有许多已有爱美的表现，如鸟类已有美音和美羽。美的东西，虽饥不可以为食，寒不可以为衣，可是却省不来。人如终日在计较打算之中，那便无味。求美也和求知识一样，同是要事。古来伦理学者中有许多人将人生的目的，完全放在快乐二字上面，以为人生的目的，无非在快乐。这虽一偏之见，但快乐很是要事，物质的快乐，有时还不能使人满足，最要紧的就是情的满足。人如果只为生存，只计较打算利益，其实世间没有不可做的事。可是有一种人，自己所不愿的事，无论怎样有利于己，总不肯做；自己所愿做的事，无论如何于物质的生活上有害，还是要做，甚至于牺牲生命，也在所不惜。这就是所谓高尚。高尚也是一种美。我们人类不愿做丑事，愿做美事，就是天性爱美的缘故。若只为生存，还有什么事不可做呢？人不能绝对地不顾自己，但也不能绝对地只求利己，有时还要离了浅薄的自利主义，为别人牺牲自己的一部分或是全体，才能自己满足。譬如陈春澜先生出资办学，就是牺牲行为之一，他并不知后来在校求学的是哪一个，于自己有何利益,却肯出资办学,这就是高尚的美行,我们应该学他的。那么我们怎样才能牺牲自己呢?我们做人,最要紧的是于一日之中,有一种时候不把计较打算放在心里,久而久之,自然有时会发出美的行为来,不觉而能牺牲了。用了计较打算的态度去看一切,一切都无美可得。譬如田间的麦,有人以为粉可充饥,秆可编物、燃火;有人离了这种见解,只赏玩它的叫做"麦浪"的一种随风的波动。又如有人见了山上的植物,以为果可作食品,根可做什么药的;有人却只爱它花的色样或枝叶的风趣。又如有人在白马湖居住了,钓鱼来吃,斫柴来烧;有人却从远远的城市,花了许多钱跑来看看风景,除此外无所求。这两者看法不同,前者是计较打算的,后者是美的。人能日常除去计较打算,才会渐渐地美起来。

美有自然美、人造美两种,山水风景属于自然美,绘画音乐等属于人造美。人造美随处可作,不限地方,如绘画、音乐在城市也可赏鉴的。至于自然,却限于一定的地方才可领略。人在稠密的城市中,难得有自然美,所以住在城市的人,家家都喜欢挂山水画,他们四面找不出好风景,所以只好在画中看看罢了。诸君现在处在这样好的风景之中,真是难得的好机会,我很羡慕。诸位将来出去到社会上任事的时候,我想必定要回想到白马湖的风景,因为那时必无这样的好山好水给诸君领略了。在这几年中,务必好好地领略,才不辜负了这样的好地方。

以上是我对于诸君所羡慕的三桩事。如前所说,中学时代是终身中关系最重的一段,诸君既入了中学,身体、知识都要趁现在注意留心。这校的历史,足以使诸君发生至好的感想,宜格外自励,不可错过机会。此地有这样的好风景,是别处所不易得的,趁现在有机会要请诸君好好地领略。最要紧的就是现在了。

(本文系蔡元培1923年5月在浙江上虞县春晖中学发表的演说词)

读书与求学

孙伏园

求学不必限于读书。

四十岁以上的人，每把求学叫做读书；这读书，也就是四十岁以下的人所称的求学。（虽然四十岁只是一句含混话，并不极端附和钱玄同先生一过四十岁即须枪毙之说，但是到底隐隐约约有一条鸿沟，横在三五十岁中间的某一年或几年，也是不必讳言的事实。）

　　理由是：四十岁以上的人，一说到求学，即刻会引起他那囊萤映雪，窗下十年的读书生活，所以他以为书中自有黄金屋，书中自有颜如玉，读书以外无求学，要求学惟有读书。而四十岁以下的人，在他们年幼的时候，新教育已经发现了曙光，知道求学不必限于读书，于是轻轻易易的，把年长者认为读书这件事，用求学两个字来代替了。

拿小学校来讲,校内功课共有七八种,国文只占七八种中之一种;国文之中,造句也,缀字也,默写也,问答也,而读书又只占四五种中之一种。中学大学也如此,有试验室,有运动场,有植物园,有音乐会,有各种交际,种种分子凑合而成为所谓求学,读书更是其中的小部分了。

有的前辈先生说：学生只准读书,不准做别的事。试设身处地一想,青年学子要不要怒发冲冠,直骂他为昏庸老朽！因为青年一听见他这句话,立刻就要想到,"然则我们踢一脚球,走一趟校园,拿一支试验管也犯罪了,这还成什么世界！"其实呢,前辈先生口中的所谓读书,有一大部分也无非是求学,不过在他们壮年的时代,读书以外的求学确是少有罢了。

这两个字的关系并不很小。因为专心读书,第一,得不到活的知识。凡书上所有,虽假也以为真,反之则虽真也以为假,这是读死书的先生们的普通毛病。第二,身体一定不能健康。所谓求学,是游戏与工作间隔着做的。在游戏的时候,虽然似把所学渐渐的忘去,其实则是渐渐的刻深,凡是学习以后继以游戏的,则其所学必能格外纯熟。因所学纯熟而得到精神上的慰安,因精神上的慰安又影响于身体上的健康。所以专心读书的人决不会有健康的身体的。第三,专心读书的人一定不能在团体中生活。

　　这第三层最重要,学生到学校里去,不是去读书的,是去求学的,换句话说,就是去学做人的。人是社会的动物,学做人便是学习社会的生活,就是团体的生活。团体生活的要素,如秩序,如提案,如监察,等等,都是非常切要的学问。团体生活要保持平安,第一须遵守秩序。章程法律虽然都是纸片,但潜伏着有莫大的势力,这势力本是团体中的各分子所给与的,却依然管束着团体中的各分子。所以各分子如果有扰乱团体安宁的事实,团体一定会有制止的实权,使秩序永远保持。但是各分子中如有真正不满意于团体进行的方向而想设法改良的,也不是没有方法,这方法就是提案。提案希望大多数的通过,所以有宣传,有各种运动,使大多数人对于现状感着不满,而对于新提案表示同情,于是而有不发一兵一卒而得着的人群的进步。这就是提案的功效。提案既经通过而尚有不奉行的，乃至被发见有违反议决案的行动的，于是有团体中的任何分子负着监察的责任。这种事例，讲起来非常简单，但孔孟之书里是不载的，前几年的教科书里也未必载，一直要到最近的三民教科书里也许会有。但是有什么相干呢？这全在于实地的练习。如果在学校生活时深知球场规则的，出来决不会在各种会场里捣乱，也不至于因一时的私利而起干戈的冲突。十几年来，中华民国的扰攘不出二途，即文人争国会，武人抢地盘是。从前在北京时，朋友间闲扯淡，有人研究这现象的原因在什么地方。我毫不迟疑的答复他，说这是因为国会议员与督军们都没有踢过球的缘故。这句话是顽皮的，意思却是庄重的。那时候的国会议员与督军们，都是旧教育制度下出身，的确一辈子只把读书当做求学，没有受过一毫好好的游戏教育，运动教育，和团体生活的教育。

于今十余年了。情形还是没有十分大变。这次中央全体会议如果开得成，那自然是一天大喜；万一开不成，如果有人来问我，我还是毫不客气的答复他，这是因为中央委员都没有踢过球的缘故。

叫人读书的人现在还是遍地皆是呵！

书是前人经验的帐簿，查阅起来当然可以得到许多东西的，但是前人有的爱上帐，有的爱把帐目记在肚角里，死的时候替他殉了葬。即使前人经验全在书里面，他的一点也只是浅陋的，我们要依着他走过的途径，在实验室里，在运动场里，在博物园里，在实际社会里，一步一步的向前进行。

研求呀，向着学问的大海！书籍只是海边上的一只破船，对于你的造船也许是有参考的用处的，但你却莫规行矩步的照着它仿造，因为这只是前人失败的陈迹，你再也没有模仿的必要了。

再过五十年，我相信，即使是白发老翁，也只有劝人好学，万不会再有人劝人读书了罢。

（本文原载 1927 年 12 月 15 日《贡献》第 1 卷第 2 期）

我的中学时代

夏丏尊

◇◇◇◇◇◇◇◇◇◇◇◇◇
我为了修得区区的中学课程,
曾经过不少磨难,
空费过长期的光阴。

中学时代，在年龄上是指十三四岁到十八九岁的一段。我今年四十六岁，我的中学时代已是三十年以前的事了。那时正是由科举过渡到学校的当儿，学校未兴，私塾是唯一的学校。我自幼也从塾师读经书、学八股、考秀才，后来且考过举人。到科举全废的前两三年，然后改进学校，可是未曾在什么学校里毕过业，未曾得过卒业文凭。

我上代是经商的，父亲却是个秀才。在十岁以前，祖父的事业未倒，家境很不坏，兄弟五人中据说我在"八字"上可以读书，于是祖父与父亲都期望我将来中举人、点翰林，光大门楣，不预备叫我去学生意。在我家坐馆的先生也另眼相看，我所读的功课是和我的兄弟们不同的。他们读毕四书，就读《幼学琼林》和尺牍书类，而我却非读《左传》、《诗经》、《礼记》等等不可。他们不必做八股文，而我却非做八股文不可。因为我是要预备将来做读书人的。

十六岁那年我考得了秀才，不久八股即废，改"以策论取士"。八股在戊戌政变时曾废过，不数月即恢复，至是时乃真废了。这改革使全国的读书人大起恐慌。当时的读书人大都是一味靠八股吃饭的，他们平日朝夕所读的是八股，案头所列的是闱墨或试帖诗，经史向不研究，"时务"更是茫然。我虽八股的积习未深，不曾感到很大的不平，但要从师也无师可从，只是把《大题文府》等类搁起，换些《东来博议》、《读通鉴论》、《古文观止》之类的东西来读，把白折纸废去，临摹碑帖，再把当时唯一的算术书《笔算数学》买来自修而已。

那时我家里的情况已大不如从前了。最初是祖父的事业失败，不久祖父即去世。父亲是少爷出身，舒服惯了的。兄弟们为家境所迫，都托亲友介绍，提早做商店学徒去了。五间三进的宽大而贫乏的家里，除了母亲和一个嫂子，就剩了父子两个老小秀才。父亲的书箱里，八股文以外有一部《史记》，一部《前汉后书》，一部《韩昌黎集》，一部《唐诗三百首》，一部《通鉴纲目》，一部《文选》，一部《聊斋志异》，一部《红楼梦》，一部《西厢记》，一部《经策通纂》，一部《皇清经解》，还有几种唐人的碑帖与《桐荫论画》等论书画的东西。父子把这些书作长日的消遣，父亲爱写字、种花、整洁居室，室里干净清静得如庵院一般。这样地过了约莫一年。

亲戚中从上海回来的，都来劝读外国书。当时内地无学校，要读外国书只有到上海。据说上海最有名的是梵王渡（即圣约翰大学），如果在那里毕业，一定有饭吃。父母也觉得科举快将全废，长此下去不是事，于是就叫我到上海去读外国书。当时读外国书的地方并不多，外国人立的只有梵王渡、震旦与中西书院，中国人立的只有南洋公学。我是去读外国书的，当然要进外国人的学校。震旦是读法文的，梵王渡据说程度较高，要读过几年英文才能进去，中西书院（即东吴大学的前身）入学比较容易些，我于是就进中西书院。

那时生活程度还很低，可是学费却已并不便宜，中西书院每半年记得要缴费四十八元。家中境况已甚拮据，我的第一次半年的学费还是母亲把首饰变卖了给我的。我与同伴到了上海，由大哥送我入中西书院。那时我年十七。

中西书院分为六年（？）毕业，初等科三年，高等科三年，此外还有特科若干年。我当然进初等科，那时功课不限定年级，是依学生的程度定的。英文是甲班的，算学如果有些根底就可入乙班，国文好的可以入丙班。我英文初读，入甲班，最初读的是《华英初阶》；算学乙班，读《笔算数学》；国文，甲班；其余各科也参差不齐，记不清楚了。各种学科中，最被人看不起的是国文，上课与否可以随便，最注重的是英文。时间表很简单，每日上午全读英文，下午第一时板定是算学，其余各科则配搭在数学以后。监院（即校长）是美国人潘慎文，教习有史拜言、谢鸿赉等。同学一百多人，大多数是包车接送的富者之子，间有贫寒子弟，则系基督教徒，受有教会补助，读书不用花钱的。我的同学中很有许多现今知名之士。记得名律师丁榕，经济大家马寅初，都是我的先辈的同学。

中西书院门禁森严，除通学生外，非得保证人来信不能出大门一步，并且星期日不能告假（因为要做礼拜），情形几等于现在的旧式女学校。告假限在星期六下午。我的保证人是我的大哥，他在商店做事，每月只来带我出去一次，有时他自己有事，也就不来领我。我在那里几乎等于笼鸟，尤其是礼拜日，逃不掉做礼拜，觉得很苦。

礼拜真正多极。每日上课前要做礼拜，星期三晚上要做礼拜，星期日早晨要做礼拜，晚上又要做礼拜。每次礼拜有舍监来各房间查察，非去不可。每日早晨的礼拜约须三十分钟，其余的都要费一小时以上，唱赞美歌、祷告、讲经，厌倦非凡。这种麻烦，如果叫现今每周只做一次犹嫌费事的学生诸君去尝，不知能否忍耐呢。

读了一学期，学费无法继续，于是只好仍旧在家里，用《华英进阶》、《华英字典》（这是中国第一部英文字典，商务出版）、《代数备旨》等书自修。另外再作些策论《四书义》，请邑中的孝先生评阅。秋间再去考乡试，举人当然无望，却从临时书肆（当时平日书店很少，一至考试时，试院附近临时书店如林）买了严译《原富》和《天演论》等书回来，莫名其妙地翻阅。又因排满之呼声已起，我也向朋友那里借了《新民丛报》等来看，由是对于明末清初的故事与文章很有兴味，《明季稗史》、《明夷待访录》、《吴梅村集》、《虞初新志》等书，都是我所耽读的。

　　十八岁那年，因了一位朋友的劝告，同到绍兴府学堂（即现在浙江第五中学的前身）入学。在那一二年中，内地学堂已成立了不少。当时办学概依《奏定学堂章程》，学制很划一。县有县学堂，性质为现在的高小程度，府学堂则相当于现在的中学，省学堂相当于大学预科，京师大学堂即现在的所谓大学了。学堂的成立，并无一定顺序，我们绍属是先有中学，后有小学的。府学堂不收学费，宿费更不须出，饭费只每月二元光景。并且学校由书院改设，书院制尚未全除，月考成绩若优，还有一元乃至几毛钱的"膏火"可得（膏火是书院时代的奖金名称，意思是灯油费）。读书不但可以不花钱，而且弄得好还有零用可获得的。

府学堂的科目记得为伦理，经学，国文，英文，史学，舆地，算学，格致（即现在的理化博物），体操，测绘（用器画舆地图），功课亦依程度编级，一如中西书院的办法。我因英文已有半年每日三点钟及在家自修的成绩，居然大出风头，被排在程度顶高的一级里，算学与国文的班次也不低。同学之中年龄老大的很多，班级皆低于我，我于是颇受师友的青眼。

国文是一位王先生教的，选读《皇朝经世文编》，作文题是《范文正公为秀才时便以天下为己任》、《士先器识而后文艺》之类。经学是徐先生（即刺恩铭的徐锡麟烈士）担任的，他叫我们读《公羊传》，上课时大发挥其微言大义。测绘也由这位徐先生担任。体操教师是一位日本人。他不会讲中国话，口令是用日本语的，故于最初就由他教我们几句体操用的日本语，如"立正"、"向前"之类。伦理教师最奇特，他姓朱，是绍兴有名的理学家，有长长的须，走路踱方步，写字仿朱子。他教我们学"洒扫应对"、"居敬存诚"，还教我们舞佾，拿了鸡尾似的劳什子作种种把戏。据他的主张，上课时书应端执在右手，不应挟在腋下，上班退班都须依照长幼之序"鱼贯而行"，不应作鸟兽散，见先生须作揖，表示敬意。我们虽不以为然，却不去加以攻击，只依老古董相待罢了。

当时青年界激昂慷慨，充满着蓬勃的朝气，似乎都对于中国怀着相当的期待，不像现在的消沉幻灭。庚子事件经过不久，又当日俄战争，风云恶劣，大家都把一切罪恶归诸满人①，以为只要把满人推倒，国事就有希望了。《新民丛报》、《浙江潮》等杂志大受青年界的欢迎，报纸上的社论也大被注意阅读。那时恋爱尚未成为青年间的问题，出路的关心也不如现在的急切（因为读书人本来不大讲究出路），三四朋

---

① 满人：此处特指满族统治者所代表的清朝。——编者注

友聚谈,动辄就把话题移到革命上去,而所谓革命者,内容就只是排满,并没有现在的复杂。见了留学生从日本回来没有辫子,恨不得也去留学,可以把辫子剪去(当时普通人是不许剪辫子的)。见了花翎颜色顶子的官吏,就暗中憎恶,以为这是奴隶的装束。卢梭,罗兰夫人,马志尼等,都因了《新民丛报》的介绍,在我们的心胸里成了令人神往的理想人物。罗兰夫人的"自由,自由!天下几多罪恶假汝之名以行!"已成了摇笔即来的文章的套语了。

我在这样的空气中过了半年中学生活,第二学期又辍学了。这次辍学并非由于拿不出学费,乃是为了要代替父亲坐馆。父亲在一年来已在家授徒了,一则因邻近有许多小孩子要请人教书,二则父亲嫌家里房屋太大,住了太寂寞,于是在家里设起书塾来。来读的是几个族里与邻家的小孩。中途忽然有一位朋友要找父亲去替他帮忙,为了友谊与家计,都非去不可。书馆是不能中途解散的,家里又无男子,很不放心,于是就叫我辍学代庖。功课当然是我所教得来的。学生不多,时间很有余暇,于是一壁教书，一壁仍行自修。家里人颇思叫我永继父职，就长此教书下去，本乡小学校新立，也邀我去充教习，但我总觉得于心不甘。

恰好有一个亲戚的长辈从日本留学法政回来，说日本如何如何地好，求学如何如何地便利。我对于日本留学梦想已久了，听了他的话，心乃愈动。父母并不大反对，只是经费无着，乃遍访亲友借贷，很费力地集了五百元，冒险赴日。

当时赴日留学成为一种风气。东京有一个宏文学院，就是专为中国留学生办的，普通科二年毕业，除教日语外，兼教中学课程。凡想进专门以上的学校的，大概都在那里预备。我因学费不足两年的用度，乃于最初数月请一日本人专教日文，中途插入宏文学院普通科去。总算我的自修有效，英算各科居然尚能衔接赶上。在那里将毕业的前二三月，东京高等工业学校招考了，我不待毕业就去跨考，结果幸而被录取。当时规定，入了官立专门学校就有官费的，而浙江因人多不能照办。我入高工后快将一年，就领不到官费，家中已为我负债不少，结果乃又不得不中途辍学回国，谋职糊口。我的中学时代就此结束了，那年我二十一岁。

总计我的中学时代，经过许多的周折，东补西凑，断续不成片断。我为了修得区区的中学课程，曾经过不少磨难，空费过长期的光阴。这种困苦的经验，当时不但我个人有过，实可谓是一般的情形。现在的中学生在这点上真足羡艳，真是幸福。

（本文原载1931年6月《中学生》第16号）

送阿宝出黄金时代

丰子恺

我怪怨你何不永远做一个孩子
而定要长大起来,
我怪怨人类中何必有男女之分。
然而怪怨之后立刻破悲为笑。
恍悟这不是当然的事,
可喜的事么?

阿宝，我和你在世间相聚，至今已十四年了，在这五千多天内，我们差不多天天在一处，难得有分别的日子。我看着你呱呱坠地，嘤嘤学语，看你由吃奶改为吃饭，由匍匐学成跨步。你的变态微微地逐渐地展进，没有痕迹，使我全然不知不觉，以为你始终是我家的一个孩子，始终是我们这家庭里的一种点缀，始终可做我和你母亲的生活的慰安者。然而近年来，你态度行为的变化，渐渐证明其不然。你已在我们的不知不觉之间长成了一个少女，快将变为成人了。古人谓"父母之年不可不知也，一则以喜，一则以惧"。我现在反行了古人的话，在送你出黄金时代的时候，也觉得悲喜交集。

所喜者,近年来你的态度行为的变化,都是你将由孩子变成成人的表示。我的辛苦和你母亲的劬劳似乎有了成绩,私心庆慰。所悲者,你的黄金时代快要度尽,现实渐渐暴露,你将停止你的美丽的梦,而开始生活的奋斗了,我们仿佛丧失了一个从小依傍在身边的孩子,而另得了一个新交的知友。"乐莫乐兮新相知";然而旧日天真烂漫的阿宝,从此永远不得再见了!

记得去春有一天,我拉了你的手在路上走。落花的风把一阵柳絮吹在你的头发上,脸孔上,和嘴唇上,使你好像冒了雪,生了白胡须。我笑着搂住了你的肩,用手帕为你拂拭。你也笑着,仰起了头依在我的身旁。这在我们原是极寻常的事:以前每天你吃过饭,是我同你洗脸的。然而路上的人向我们注视,对我们窃笑,其意思仿佛在说:"这样大的姑娘儿,还在路上教父亲搂住了拭脸孔!"我忽然看见你的身体似乎高大了,完全发育了,已由中性似的孩子变成十足的女性了。我忽然觉得,我与你之间似乎筑起一堵很高，很坚，很厚的无影的墙。你在我的怀抱中长起来，在我的提携中大起来；但从今以后，我和你将永远分居于两个世界了。一刹那间我心中感到深痛的悲哀。我怪怨你何不永远做一个孩子而定要长大起来，我怪怨人类中何必有男女之分。然而怪怨之后立刻破悲为笑。恍悟这不是当然的事，可喜的事么？

记得有一天，我从上海回来。你们兄弟姊妹照例拥在我身旁，等候我从提箱中取出"好东西"来分。我欣然地取出一束巧格力来，分给你们每人一包。你的弟妹们到手了这五色金银的巧格力，照例欢喜得大闹一场，雀跃地拿去尝新了。你受持了这赠品也表示欢喜，跟着弟妹们去了。然而过了几天，我偶然在楼窗中望下来，看见花台旁边，你拿着一包新开的巧格力，正在分给弟妹三人。他们各自争多嫌少，你忙着为他们均分。在一块缺角的巧格力上添了一张五色金银的包纸派给小妹妹了，方才三面公平。他们欢喜地吃糖了，你也欢喜地看他们吃。这使我觉得惊奇。吃巧格力，向来是我家儿童们的一大乐事。因为乡村里只有箬叶包的糖塌饼，草纸包的状元糕，没有这种五色金银的糖果；只有甜煞的粽子糖，咸煞的盐青果，没有这种异香异味的糖果。所以我每次到上海，一定要买些回来分给儿童，借添家庭的乐趣。儿童们切望我回家的目的，大半就在这"好东西"上。你向来也是这"好东西"的切望者之一人。你曾经和弟妹们赌赛谁是最后吃完；你曾经把五色金银的锡纸积受起来制成华丽的手工品，使弟妹们艳羡。这回你怎么一想，肯把自己的一包藏起来，如数分给弟妹们吃呢？我看你为他们分均匀了之后表示非常的欢喜，同从前赌得了最后吃完时一样，不觉倚在楼上独笑起来。因为我忆起了你小时候的事：十来年之前，你是我家里的一个捣乱分子，每天为了要求的不满足而哭几场，挨母亲打几顿。你吃蛋只要吃蛋黄，不要吃蛋白，母亲偶然夹一筷蛋白在你的饭碗里，你便把饭粒和蛋白乱拨在桌子上，同时大喊"要黄！要黄！"你以为凡物较好者就叫做"黄"。所以有一次你要小椅子玩耍，母亲搬一个小凳子给你，你也大喊"要黄！要黄！"你要长竹竿玩，母亲拿一根"史的克①"给你，你也

---

① 史的克：英文 stick 的译音，意即"手杖"。——编者注

大喊"要黄！要黄！"你看不起那时候还只一二岁而不会活动的软软。吃东西时，把不好吃的东西留着给软软吃；讲故事时，把不幸的角色派给软软当。向母亲有所要求而不得允许的时候，你就高声地问："当错软软么？当错软软么？"你的意思以为：软软这个人要不得，其要求可以不允许；而阿宝是一个重要不过的人，其要求岂有不允许之理？今所以不允许者，大概是当错了软软的原故。所以每次高声地提醒你母亲，务要她证明阿宝正身，允许一切要求而后已。这个一味"要黄"而专门欺侮弱小的捣乱分子，今天在那里牺牲自己的幸福来增殖弟妹们的幸福，使我看了觉得可笑，又觉得可悲。你往日的一切雄心和梦想已经宣告失败，开始在遏制自己的要求，忍耐自己的欲望，而谋他人的幸福了；你已将走出惟我独尊的黄金时代，开始在尝人类之爱的辛味了。

记得去年有一天，我为了必要的事，将离家远行。在以前，每逢我出门了，你们一定不高兴，要阻住我，或者约我早归。在更早的以前，我出门须得瞒过你们。你弟弟后来寻我不着，须得哭几场。我回来了，倘预知时期，你们常到门口或半路上来迎候。我所描的那幅题曰《爸爸还不来》的画，便是以你和你的弟弟的等我归家为题材的。因为我在过去的十来年中，以你们为我的生活慰安者，天天晚上和你们谈故事，做游戏，吃东西，使你们都觉得家庭生活的温暖，少不来一个爸爸，所以不肯放我离家。去年这一天我要出门了，你的弟妹们照旧为我惜别，约我早归。我以为你也如此，正在约你何时回家和买些什么东西来，不意你却劝我早去，又劝我迟归，说你有种种玩意可以骗住弟妹们的阻止和盼待。原来你已在我和你母亲谈话中闻知了我此行有早去迟归的必要，决意为我分担生活的辛苦了。我此行感觉轻快，但又感觉悲哀。因为我家将少却了一个黄金时代的幸福儿。

以上原都是过去的事，但是常常切在我的心头，使我不能忘却。现在，你已做中学生，不久就要完全脱离黄金时代而走向成人的世间去了。我觉得你此行比出嫁更重大。古人送女儿出嫁诗云："幼为长所育，两别泣不休。对此结中肠，义往难复留。"你出黄金时代的"义往"，实比出嫁更"难复留"，我对此安得不"结中肠"？所以现在追述我的所感，写这篇文章来送你。你此后的去处，就是我这册画集里所描写的世间。我对于你此行很不放心。因为这好比把你从慈爱的父母身旁遣嫁到恶姑的家里去，正如前诗中说："自小阙内训，事姑贻我忧。"事姑取甚样的态度，我难于代你决定。但希望你努力自爱，勿贻我忧而已。

　　约十年前，我曾作一册描写你们的黄金时代的画集（《子恺画集》）。其序文（《给我的孩子们》）中曾经有这样的话："我的孩子们！我憧憬于你们的生活，每天不止一次！我想委曲地说出来，使你们自己晓得。可惜到你们懂得我的话的时候，你们将不复是可以使我憧憬的人了。这是何等可悲哀的事啊！""但是你们的黄金时代有限，现实终于要暴露的。这是我经验过来的情形，也是大人们谁也经验过来的情形。我眼看见儿时伴侣中的英雄、好汉，一个个退缩、顺从、妥协、屈服起来，到像绵羊的地步。我自己也是如此。'后之视今，亦犹今之视昔'，你们不久也要走这条路呢！" 写这些话时的情景还历历在目，而现在你果然已经"懂得我的话"了！果然也要"走这条路"了！无常迅速，念此又安得不结中肠啊！

廿三（1934）年岁暮，选辑近作漫画，定名为《人间相》，付开明出版。选辑既竟，取十年前所刊《子恺画集》比较之，自觉画趣大异。读序文，不觉心情大异。遂写此篇，以为《人间相》辑后感。

（本文原载1935年5月13日、14日《申报·自由谈》）

我们为儿女担的心，也算告一段落

朱梅馥

◇◇◇◇◇◇◇◇◇◇◇◇◇◇◇◇

希望你不要太苛求，
看事情不要太认真，
平易近人，
总是给人一种体贴亲切之感。

亲爱的聪：今天接到你的喜讯，真是说不出的高兴，做母亲的愿望总算实现了。男大当婚，女大当嫁，这是天经地义的事，但愿你跟弥拉姻缘美满，我们为儿女担的心也算告一段落。她既美丽、聪明、温柔，对你是最合适了；我常常讲，聪找的对象一定要有这样的条件，因为我跟你爸爸的结合，能够和平相处，就是一个很显著的例子。只要真正认识对方，了解对方，就是受些委屈，也是不计较的。归根结底，到底自己也有错误的地方。希望你不要太苛求，看事情不要太认真，平易近人，总是给人一种体贴亲切之感。尤其对你终身的伴侣，不可三心二意，要始终如一。只要你们真正相爱，互相容忍，互相宽恕，难免的小波折很快会烟消云散。尤其你自己身上的缺点很多，你太像父亲了，只要有自知之明，你的爱人就会幸福。还有一点要提醒你，以后再也不要怀念童年的初恋，人家早已成了家，不但想了无用，而且无意中流露出来，也徒然增加你现在爱人的误会，那是最犯忌的，也是没有意义的。爸爸已经说了许多，而且都是经验之谈，我们在人生的旅途上走了几十年，非但结合自己的经历，而且朋友之中多多少少悲欢离合的事也看得很多，所以尽量告诉你，目的就是希望你们永远幸福。

（本文系朱梅馥1960年8月写给儿子傅聪的家信）

女儿的十年

蒋 韵

我十八岁的孩子,我的小女儿,
连一只袜子都不会洗的宝贝,
只身一人离开了我们,
漂洋过海,飞往遥远的异国他乡。
从此,这一天,
就如同刀痕一样刻在了我心上:
我觉得,那是我又一次的分娩。

2003年，暑假，女儿笛安回国度假，我从太原赶到北京首都机场接她，对我而言，这是一个最幸福的时刻。"非典"终于过去了，在这之前，我几乎天天在心里祷告，祈祷"非典"在暑假时能够仁慈地放过我们，让我的孩子能够平安回家。现在，我的孩子回来了，在人群中，我终于看到了她，穿一件酒红色的"一生褶"衬衫，安静而漂亮，却前所未有地消瘦。就是在回到太原家里的当晚，她递给我一个磁盘，说，"妈，我写了点东西，你看看。"

里面，就是《姐姐的丛林》。

我不会忘记初读这篇小说时的震动。说实话，在此之前，我从来没有发现她有写作的禀赋，虽然，在学校里，她的作文始终很好，她还是他们那所名校"校刊"的编辑，她也常常把她的文章拿给我看，读给我听，可我却没有从中看出多少超越性：我总觉得它们弥漫着某种中学生的流行腔调，我把它们称作"贺卡体"和"文摘体"。也许，潜意识里，我拒绝承认一个事实，因为我打心里不愿意让我的女儿我最心爱的宝贝做一个以写作为生的人，一个写小说的人。我希望她能够在大学里教书，做学问，至少，可以去解读别人的小说，我觉得她很有这方面的才能——这一点，我从来深信不疑。

她从小喜欢读书，还在初中时，她就读了福克纳的《喧哗与骚动》。起初，我不相信这本如此难读的书能够吸引她，可是我错了，我不知道她是以什么方式走进这个又繁复又茂盛的小说世界的，我只知道，她痴迷地爱它。更准确地说，她痴迷地爱着那个动人的、不幸的女主人公凯蒂。一连好几个夜晚，我们并排躺在她的小床上，听她给我朗读她喜欢的那些章节，凯蒂和班吉明，那个白痴弟弟之间宿命的深情，让她那么感动。可能，只有我知道，这一点，这种无法挣脱无可奈何的宿命关系，对她意味着什么。因为，我从她后来的小说中，从东霓和郑成功、从雪碧和可乐、从莉莉和猎人的身上，都看到了凯蒂和班吉明的影子，或者说，我从她所有的人物身上，都能看到这种影子：无法挣脱无可奈何的命运关系，像神和黑夜一样笼罩着那些她爱和不爱的人们。

　　我一直以为笛安是个幸福的孩子，她是我们全家人的掌上明珠，虽然我也知道她常常不快乐，尽管她笑点很低。她严重偏科，而她就读的那所学校，有百年的历史，曾经是华北地区的重点中学，却严重地重理轻文。一个数学、物理不好的孩子，在这样的氛围中，基本被视为废物。我以为，这就是她全部烦恼和不快的根源。一个中学生，除了这个还能有什么呢？于是，我们常常宽慰她，给她描绘一个未来的光明前景，那就是，一个再不需要以数学成绩论成败的大学生涯在前面等待着她。也许，我比她还更憧憬和盼望这一天的到来。这一天来了，2002年1月27日，我十八岁的孩子，我的小女儿，连一只袜子都不会洗的宝贝，只身一人离开了我们，漂洋过海，飞往遥远的异国他乡，从此，这一天，就如同刀痕一样刻在了我心上：我觉得，那是我又一次的分娩。

她从来没有跟我们说过"想家"这两个字，在电话里，她永远是快乐的，她快活地告诉我们，同学们给她起了一个外号：樱桃小丸子，这个外号让我心里一阵温暖和安心。她在信中，这样描绘着异乡的生活：

"图尔是个很棒的城市，美丽而安静。还有一条看上去很温暖的卢瓦尔河。我们LABO①课的教室就在这条河边上，每个星期我都得到河边来，坐一会儿，看看那些在岸上乱跑的狗，还有正在接吻的情人。"

"秋天到了。早晨推开窗子，闻见了空气中凉凉的秋天味。院子里已经有不少落叶了，可是树上的叶子依然那么多。习惯性地看看大门口的信箱，邮递员还没来，却看见了房东贴在大门上的纸条：'请房客们进出时把大门关好，因为小狗埃克托很喜欢逃跑，

---

① LABO：单词"laboratoire"的缩写，意为"实验室"。——编者注

可是它没有钥匙。'很温暖的细节吧？"

她就这样安慰着我们，安慰着我，她深知我是一个资深的"小资"，我会在心中诗化她的生活：还有什么能比法兰西更适合诗化、罗曼蒂克化的吗？但是，2003年那个夏天，读完《姐姐的丛林》，我和她的爸爸，我们极其震动，我们俩用眼睛相互询问，是什么，是怎样严峻的、严酷的东西，让我们的女儿，一下子就长大了？

是的，她长大了，她的文字长大了，脱胎换骨长成了一个让我陌生和新鲜的生命。她用这种有生命的语言，开始讲述她的故事，她在一个最浪漫的国都，开始讲述她和这个世界毫不诗意的关系，讲述滚滚红尘中那些悲凉和卑微的生命，讲述大地的肮脏和万物的葱茏，讲述华美的死亡与青春的残酷……一个一个和毁灭有关的故事，接踵而至，于是，我知道了，我的女儿，她从来就不仅仅是一个樱桃小丸子，她还是一个与生俱来的悲观主义者，可能正是这样两种极端的品质在她身上共生共存，所以，她才能毫无障碍和果敢地穿过别人认为是终点的地方，或者，俗世常识的藩篱，到达一个新鲜的、凛冽的、又美又绝望的对岸。那是一种天赋，我没有。

想想，她所热爱的作家们，其实都具有矛盾的本质，比如三岛由纪夫，比如陀思妥耶夫斯基，比如曹雪芹。她喜欢丰富的、繁茂的、难以尽述和诠释的文本：又天真、又苍老，又单纯、又犀利，又温暖、又黑暗，又柔软、又冷酷，集万丈红尘与白茫茫大地为一体，就像大地本身。所以，她像热爱恋人一样热爱着《丰饶之海》，像敬畏高山一样，敬畏着《卡拉马佐夫兄弟》，而《红楼梦》，我想，那应该是她的理想了——在这一点上，笛安是一个有情怀的浪漫主义者。

就这样，不管我愿不愿意，女儿作为一个写作者，已经走过了近十年的路程。不管别人给她贴上什么样的标签，不知为何，在我眼里，她都更像是一个独行的游吟者。这样的想象总是让我心疼和心酸。我想这大概也是她很不愿意被人称为"文二代"和父母扯在一起的原因。这篇小文章，是我得知她要出一本十年小说集后，情不自禁写下来的：十年，这个数字让我悚然心惊。我不想说女儿这十年有多么不容易，因为，在这个世界上，形容一个真正严肃的、有追求的作家和写作者，只有一个词——呕心沥血。我想起了女儿高二的时候，她曾经送给过我一个笔记本，封面是那种深海般的、有重量的、端庄的蓝，我一直舍不得用它，只是当时在它雪白的扉页上，写下了这样一段话："我们聊天，说起三岛由纪夫的《金阁寺》，她非常感慨，说，'真奇异呀，美，最初诱惑人，征服人，最后又奴役人，摧毁人，就像爱情'。"

或者，孩子，也可以说，就像写作。

那年，她十七岁。

（本文系蒋韵为女儿笛安2012年12月出版图书《妩媚航班》作的序）

中考前写给女儿的一封信

王开林

成长需要流泪流汗，
需要费心费力。
现在你为自己的梦想奋斗过了，
将来就不会遗憾，
不会追悔莫及。

亲爱的伊美：

有人说："应试教育就是一片看不见硝烟的战场，中考就是横亘在孩子面前的第一道雄关。"听上去，这句话很有些惊悚意味，与宜人的幽默感相距遥远。事实究竟如何呢？爸爸是过来人，经历过应试教育的"战火洗礼"，可以负责任地给出评估：这句话有点夸张，但并不离谱。

我知道，你不是逃兵。你的性格外柔内刚，因此我并不担心你未战先怯。我也清楚，在过往的多次"演习"中，你的成绩算不上太出色，那又怎样？我绝对不会悲观地认定你将在跨越雄关时丢盔弃甲，一败涂地。

时至今日，我对你蓄势待发的逆袭仍抱有十足的信心。我发现，当你聚精会神地做自己感兴趣的事情时，不管是绘画也好，写小说也好，从来就没有过糟糕的表现，一次也没有。爸爸要给你的建议其实非常简单，只要你能在余下的时间内调动起自己强烈的兴趣和爱好，像往日对绘画、写小说那样专注于各门功课，一切困难就会迎刃而解。爸爸也是一位逆袭者，当年，在所有客观条件都不占优势的情况下，爸爸逆疾风而前，逆激流而上，最终考入了自己心仪的学府北京大学。

没有人是天生的失败者，除非他们丧失了毅然前行的勇气。

没有人会受拒于表演的舞台，除非他们甘心做袖手旁观的看客。

孩子，你未来的人生之路还很漫长，你的命运并不由一次中考决定，但这次中考的的确确是一道雄关，它将测试你现阶段的学习能力，你也需要这样一次被外界肯定、被自我肯定的机会。

一次凌厉的突破能够促成另一次凌厉的突破，一次完美的超越能够造就另一次完美的超越。这是一种自强不息、不畏挑战的精神。年轻人为什么爱跑酷、爱探险、爱蹦极？因为他们有豪情和勇气。有了豪情和勇气，便能披荆斩棘，开天辟地。

"人活着何必这么辛苦？"你叹息过，诘问过。那是因为辛苦能够带来变化，带来进步。正如疾风骤雨可以孕育彩虹，刷新风景。倘若彩虹不现，风景不殊，灰度偏高的生活岂不是太过暗淡？你热爱绘画，对色彩极为敏感，无须我多加解说，你完全明白。是的，人活着难免辛苦，倘若你心存畏缩，将今日的辛苦延迟到今后，它就会翻滚成巨大的雪球，给人生以更大的压迫。你喜欢《动物世界》，喜欢小蜜蜂，它们为了酿蜜，不知疲倦地飞往野外，采集花粉。这个过程是不是很辛劳？但它们乐在其中，吃苦受累是值得的，付出必有收获。

"谁笑到最后，谁就笑得最好。"这句话该怎么理解？与别人较劲儿，那是浅层次的；与自己较劲儿，才是深层次的。一生中，你将会遇到许多个这样的"最后时刻",别轻易放过这一次,这一次是你的破冰之旅!

孩子,你需要一次拼搏的体验。不只是你,任何一位在家庭中长期受到过度爱护的孩子,都需要硬碰硬的拼搏的体验,需要由点到面的淬火加钢。若非如此,你的意志又如何能变得坚强?品质又如何能变得优秀?

"雏鹰要飞得更远,它就要飞得更高。"如何才能飞得更高?雏鹰的回答是:"我要使张开的羽翼变得强劲而又轻盈!"现在,试飞的机会来了。一旦你跨越了中考这道雄关,穿越了这片看不见硝烟的战场,你就会惊奇而又欣喜地发现,自己原来可以这么专注,这么自信,这么勇敢,可以飞得这么高。

成长需要流泪流汗,需要费心费力。现在你为自己的梦想奋斗过了,将来就不会遗憾,不会追悔莫及。

你还记得几年前爸爸给你讲过的那个寓言吗?"任何一个胖子的身体中都隐藏着一个瘦子,他宅在里面,赖在里面,死活不肯露脸。胖子千方百计要逼迫他现出原形,最愚蠢的办法就是拼命节食,这势必与之同归于尽；最明智的办法就是努力健身，彻底锁定他，'捉住'他，让他无处躲藏。"

尝试去找回那个在你身体中隐匿已久的学习勤奋、意志顽强、爱动脑筋的自己吧，这种找回自己或谓之召回自己的经历弥足珍贵，你将遇见最好的自己！

孩子，加油！

爱你的爸爸

（本文原载 2018 年 4 月 13 日《光明日报》）

图书在版编目（CIP）数据

孩子是软肋，也是盔甲 / 赵丽宏等著 . — 成都：天地出版社，2024.1
ISBN 978-7-5455-7984-0

Ⅰ. ①孩… Ⅱ. ①赵… Ⅲ. ①散文集 – 中国 – 当代 Ⅳ. ① I267

中国国家版本馆 CIP 数据核字（2023）第 197496 号

HAIZI SHI RUANLEI, YESHI KUIJIA

孩子是软肋，也是盔甲

出 品 人	杨　政
作　　者	赵丽宏　等
责任编辑	张秋红　孙若琦
责任校对	张月静
封面设计	WONDERLAND Book design 仙鹿 QQ:344581934
内文排版	唐小迪
责任印制	王学锋

出版发行	天地出版社 （成都市锦江区三色路 238 号　邮政编码：610023） （北京市方庄芳群园 3 区 3 号　邮政编码：100078）
网　　址	http://www.tiandiph.com
电子邮箱	tianditg@163.com
经　　销	新华文轩出版传媒股份有限公司
印　　刷	迪明易墨（天津）印刷有限公司
版　　次	2024 年 1 月第 1 版
印　　次	2024 年 1 月第 1 次印刷
开　　本	880mm×1230mm　1/32
印　　张	7.5
字　　数	115 千字
定　　价	45.00 元
书　　号	ISBN 978-7-5455-7984-0

版权所有◆侵权必究

咨询电话：（028）86361282（总编室）
购书热线：（010）67693207（营销中心）

如有印装错误，请与本社联系调换。